La Mort d'Ivan Ilitch - L'intégrale

La Mort d'un juge

Léon Tolstoï

I

Au Palais de Justice, pendant la suspension de l'audience consacrée à l'affaire Melvinsky, les juges et le procureur s'étaient réunis dans le cabinet d'Ivan Égorovitch Schebek, et la conversation vint à tomber sur la fameuse affaire Krassovsky. Fédor Vassilievitch s'animait en soutenant l'incompétence; Ivan Égorovitch soutenait l'opinion contraire. Piotr Ivanovitch qui, depuis le commencement, n'avait pas pris part à la discussion, parcourait un journal qu'on venait d'apporter.

— Messieurs! Dit-il, Ivan Ilitch est mort.

— Pas possible!

— Voilà, lisez, dit-il à Fédor Vassilievitch en lui tendant le numéro du journal tout fraîchement sorti de l'imprimerie.

Il lut l'avis suivant encadré de noir:

«Prascovie Fédorovna Golovine a la douleur d'annoncer à ses parents et amis la mort de son époux bien-aimé Ivan Ilitch Golovine, conseiller à la Cour d'appel, décédé le 4 février 1882. La levée du corps aura lieu vendredi, à une heure de l'après-midi.»

Ivan Ilitch était le collègue des messieurs présents; et tous l'aimaient. Il était malade depuis plusieurs semaines déjà, et l'on disait sa maladie incurable; toutefois sa place lui était restée, mais on savait qu'à sa mort, Alexiev le remplacerait et que la place de ce dernier serait donnée à Vinnikov ou à Schtabel. Aussi, en apprenant la mort d'Ivan Ilitch, tous ceux qui étaient réunis là se demandèrent d'abord quelle influence aurait cette mort sur les permutations ou les nominations d'eux-mêmes et de leurs amis.

«Je suis à peu près certain d'avoir la place de Schtabel ou celle de Vinnikov», pensait Fédor Vassilievitch, «il y a longtemps qu'on me l'a promise, et cette promotion augmentera mon traitement de 800 roubles, sans compter les indemnités de bureau.»

«C'est le moment de faire nommer chez nous mon beau-frère de Kalouga», pensait Piotr Ivanovitch. «Ma femme en sera contente et ne pourra plus dire que je ne fais jamais rien pour les siens.»

— J'étais sûr qu'il ne s'en relèverait pas, – dit à haute voix Piotr Ivanovitch. – C'est bien dommage.

— Mais quelle était sa maladie, au juste?

— Les médecins n'ont jamais su la définir, c'est-à-dire qu'ils ont bien émis leur opinion, mais chacun d'eux avait la sienne. Quand je l'ai vu pour la dernière fois, je croyais qu'il pourrait s'en tirer.

— Et moi qui ne suis pas allé le voir depuis les fêtes. J'en avais toujours l'intention.

— Avait-il de la fortune?

— Je crois que sa femme avait quelque chose, mais très peu.

— Oui, il va falloir y aller. Ils demeurent si loin!

— C'est-à-dire loin de chez vous… De chez vous tout est loin.

— Il ne peut pas me pardonner de demeurer de l'autre côté de la rivière, dit Piotr Ivanovitch en regardant Schebek avec un sourire. Et il se mit à parler de l'éloignement de toutes choses dans les grandes villes. Ils retournèrent à l'audience.

Outre les réflexions que suggérait à chacun cette mort et les changements possibles de service qui allaient en résulter, le fait même de la mort d'un excellent camarade éveillait en eux, comme il arrive toujours, un sentiment de joie. Chacun pensait: Il est mort, et moi pas! Quant aux intimes, ceux qu'on appelle des amis, ils pensaient involontairement qu'ils auraient à s'acquitter d'un ennuyeux devoir de convenance: aller d'abord au service funéraire, ensuite faire une visite de condoléance à la veuve.

Fédor Vassilievitch et Piotr Ivanovitch étaient les amis les plus intimes d'Ivan Ilitch.

Piotr Ivanovitch avait été son camarade à l'École de droit et se considérait comme son obligé.

Après avoir annoncé à sa femme, pendant le dîner, la nouvelle de la mort d'Ivan Ilitch et lui avoir communiqué ses considérations sur les probabilités de la nomination de son beau-frère dans leur district, Piotr Ivanovitch, sans se reposer, endossa son habit et se rendit au domicile d'Ivan Ilitch.

Une voiture de maître et deux voitures de place stationnaient près du perron. Dans le vestibule, près du porte-manteau, on avait adossé au mur le couvercle en brocart du cercueil, garni de glands et de franges d'argent passés au blanc d'Espagne. Deux dames en noir se débarrassaient de leurs pelisses. L'une d'elles était la sœur d'Ivan Ilitch, qu'il connaissait; l'autre lui était inconnue. Un collègue de Piotr Ivanovitch, Schwartz, descendait. Ayant aperçu, du haut de l'escalier, le nouveau visiteur, il s'arrêta et cligna de l'œil, comme s'il voulait dire: «Ivan Ilitch n'a pas été malin; ce n'est pas comme nous autres!»

La figure de Schwartz, avec ses favoris à l'anglaise, et sa maigre personne, en habit, conservaient toujours une grâce solennelle; et cette gravité, qui contrastait avec son caractère jovial, avait en l'occurrence quelque chose de particulièrement amusant. Ainsi pensa Piotr Ivanovitch.

Il laissa passer les dames devant lui et gravit lentement l'escalier derrière elles. Schwartz ne descendit pas et l'attendit en haut. Piotr Ivanovitch comprit pourquoi. Il voulait évidemment s'entendre avec lui pour la partie de cartes du soir. Les dames entrèrent chez la veuve. Schwartz, les lèvres sévèrement pincées, mais le regard enjoué, indiqua d'un mouvement de sourcils, à droite, la chambre du défunt.

Piotr Ivanovitch entra, ne sachant trop, comme il arrive toujours en pareil cas, ce qu'il devait faire. Cependant il était sûr d'une chose, c'est qu'en pareil cas un signe de croix ne fait jamais mal. Mais devait-il saluer ou non, il n'en était pas certain. Il choisit donc un moyen intermédiaire: il entra dans la chambre mortuaire, fit le signe de la croix, et s'inclina légèrement comme s'il saluait. Autant que le lui permirent les mouvements de sa tête et de ses mains, il examina en même temps la pièce. Deux jeunes gens, dont un collégien, probablement les neveux du mort, sortaient de la chambre en faisant le signe de la croix. Une vieille femme se tenait debout, immobile. Une dame, les sourcils étrangement soulevés, lui disait quelque chose à voix basse. Le chantre, vêtu d'une redingote, l'air résolu et diligent, lisait à haute voix, d'un ton qui ne souffrait pas d'objection. Le sommelier Guérassim répandait quelque chose sur le parquet, en marchant à pas légers devant Piotr Ivanovitch. En le regardant faire, Piotr Ivanovitch sentit aussitôt une faible odeur de cadavre en décomposition. Lors de la dernière visite qu'il avait faite à Ivan Ilitch, il avait remarqué dans son cabinet ce sommelier qui remplissait près de lui l'office de garde-malade; et Ivan Ilitch l'affectionnait particulièrement.

Piotr Ivanovitch continuait à se signer et à s'incliner vaguement; son salut pouvait s'adresser aussi bien au mort qu'au sacristain, ou aux icônes qui se trouvaient sur une table dans un coin de la chambre. Quand ce geste lui parut avoir assez duré, il s'arrêta et se mit à examiner le défunt.

Il était étendu sur le drap de la bière, pesamment, comme tous les morts, les membres rigides. La tête à jamais appuyée sur l'oreiller montrait, comme chez tous les cadavres, un front jaune, cireux, avec des plaques dégarnies sur les tempes, creusées, et un nez proéminent qui cachait presque la lèvre supérieure. Il était très changé. Il avait encore maigri depuis que Piotr Ivanovitch l'avait vu; mais, comme il arrive avec tous les morts, son visage était plus beau et surtout plus majestueux que de son vivant. Son visage portait l'expression du devoir accompli et bien accompli. En outre, on y lisait une sorte de reproche ou d'avertissement à l'adresse des vivants. Cet avertissement sembla déplacé à Piotr Ivanovitch, du moins sans raison d'être vis-à-vis de lui. Mais, soudain, il se sentit gêné. Alors, faisant vivement un nouveau signe de croix, il s'empressa, contre toute convenance, de gagner la porte. Schwartz l'attendait dans la pièce voisine, les pieds largement écartés, jouant avec son chapeau haut de forme qu'il tenait derrière son dos. Un seul regard sur la personne élégante, soignée, réjouie de Schwartz le rafraîchit aussitôt. Piotr Ivanovitch comprit que Schwartz était au-dessus de tout cela et ne se laissait pas impressionner par ce triste spectacle. Toute sa personne paraissait dire: le service religieux sur la tombe d'Ivan Ilitch n'est pas un motif valable pour remettre l'audience, c'est-à-dire, il ne peut nous empêcher, ce soir même, de faire claquer, en le décachetant, le jeu de cartes, pendant que le valet posera quatre bougies entières sur la table; en somme, il n'y a aucune raison de penser que cet incident puisse nous empêcher de passer agréablement cette soirée. C'est d'ailleurs ce qu'il communiqua à voix basse à Piotr Ivanovitch, lorsqu'il passa devant lui, en lui proposant de se réunir, ce soir même, chez Fédor Vassilievitch. Mais il n'était pas sans doute dans la destinée de Piotr Ivanovitch de jouer aux cartes ce soir-là. Prascovie Fédorovna, une femme petite et grosse, qui, malgré tous ses efforts, allait en s'élargissant depuis les épaules jusqu'à sa base, toute vêtue de noir, la tête couverte d'une dentelle, les sourcils étrangement relevés, comme ceux de la dame qui se tenait debout en face du cercueil, sortit de ses appartements avec d'autres dames et, les ayant accompagnées dans la chambre mortuaire, elle dit: «L'office des morts va commencer; entrez».

Schwartz salua d'un air vague et s'arrêta, ne paraissant ni accepter ni refuser cette invitation. Prascovie Fédorovna, ayant reconnu Piotr Ivanovitch, soupira, s'approcha tout près de lui, et lui dit en lui prenant la main: «Je sais que vous étiez un sincère ami d'Ivan Ilitch…» Elle le regarda, attendant de lui quelque chose qui confirmât ses paroles. Piotr Ivanovitch savait, comme il avait su tout à l'heure qu'il fallait se signer, qu'il devait maintenant serrer la main et dire: «Croyez que…» C'est ce qu'il fit, et il sentit que le résultat désiré était obtenu: il était ému, et elle était émue.

— Voulez-vous venir avant que cela ne commence? Dit la veuve. J'ai à vous parler. Donnez-moi votre bras.

Piotr Ivanovitch lui offrit son bras et ils se dirigèrent vers les pièces du fond, devant Schwartz, qui jeta un regard de pitié sur son ami, en clignant de l'œil.

«Adieu le whist, voulait dire son regard enjoué, mais il ne faudra pas nous en vouloir si nous prenons un autre partenaire. Peut-être pourrons-nous organiser une partie à cinq, lorsque vous aurez terminé.»

Piotr Ivanovitch soupira plus profondément et plus tristement encore, et Prascovie Fédorovna lui pressa le bras avec reconnaissance. Ils entrèrent dans son salon tendu de cretonne rose, faiblement éclairé par une lampe, et s'assirent près de la table, elle sur le divan et Piotr Ivanovitch sur un pouf bas, dont les ressorts détraqués cédèrent désagréablement sous lui. Prascovie Fédorovna songea à l'inviter à prendre un autre siège, mais jugeant cette attention déplacée dans la circonstance, elle s'abstint. En s'asseyant sur ce pouf, Piotr Ivanovitch se rappela qu'Ivan Ilitch, quand il avait meublé ce salon, lui avait justement demandé son avis sur cette cretonne rose à feuillage vert. Le salon était rempli de meubles et de bibelots et, en passant devant la table pour gagner le divan, la veuve accrocha la dentelle de sa mantille noire aux sculptures de ce meuble. Piotr Ivanovitch se leva pour l'aider à se dégager; les ressorts du pouf ainsi allégés se mirent à osciller sous lui et le repoussèrent. La veuve voulut dégager elle-même ses dentelles, et Piotr Ivanovitch se rassit en écrasant sous son poids le pouf tressautant. Mais comme elle n'arrivait pas à se décrocher, Piotr Ivanovitch se leva de nouveau, et pour la seconde fois, les ressorts du pouf s'ébranlèrent en grinçant. Tout étant rentré dans l'ordre, elle sortit un mouchoir propre, en batiste, et se mit à pleurer. Piotr Ivanovitch, calmé par les épisodes du pouf et de la dentelle, était assis, l'air maussade. Ce silence embarrassant fut interrompu par Sokolov, le majordome, qui venait annoncer que le terrain du cimetière choisi par Prascovie Fédorovna, coûterait deux cents roubles. Elle cessa de pleurer, regarda Piotr Ivanovitch d'un air de victime, et lui dit en français que tout cela était bien pénible. Sans mot dire, d'un signe de tête, Piotr Ivanovitch lui exprima sa profonde conviction qu'il n'en pouvait être autrement.

— Fumez, je vous en prie, lui dit-elle d'un air magnanime et abattu; puis elle se mit à débattre avec Sokolov la question du prix du terrain.

Tout en allumant sa cigarette, Piotr Ivanovitch l'entendit demander le prix des différents terrains et choisir celui qu'elle désirait acheter. Après avoir réglé cette question, elle donna des ordres pour les chantres, et Sokolov se retira.

— Je m'occupe de tout moi-même, dit-elle à Piotr Ivanovitch, en repoussant les albums qui étaient sur la table; puis, remarquant que la cendre de sa cigarette allait se détacher, elle avança vivement le cendrier du côté de Piotr Ivanovitch et poursuivit: - Je trouve que ce serait de l'hypocrisie de ma part de dire que le chagrin m'empêche de songer aux affaires pratiques. Au contraire, si quelque chose peut sinon me consoler, du moins me distraire, c'est de m'occuper de tout ce qui le concerne.

Elle prit de nouveau son mouchoir, s'apprêtant à pleurer encore; mais soudain, comme si par un effort elle revenait maîtresse d'elle-même elle reprit avec calme:

— J'ai quelque chose à vous dire.

Piotr Ivanovitch s'inclina sans donner trop de liberté aux ressorts du pouf, qui déjà commençaient à s'agiter sous lui.

— Il a beaucoup souffert les derniers jours…

— Ah! Il a souffert beaucoup? Fit-il.

— Terriblement! Il passa non seulement ses dernières minutes, mais ses dernières heures, à crier. Pendant trois jours de suite, il a crié sans s'arrêter. C'était intenable. Je ne puis comprendre comment j'y ai résisté. On l'entendait à travers trois chambres. Oh! Ce que j'ai souffert!

— Et avait-il toute sa connaissance? Demanda Piotr Ivanovitch.

— Oui, fit-elle à voix basse, jusqu'à la fin. Il nous a dit adieu un quart d'heure avant sa mort. Il nous pria même d'emmener Volodia.

L'idée des souffrances d'un homme qu'il avait si intimement connu, d'abord enfant, puis collégien, puis son partenaire aux cartes, impressionna soudain Piotr Ivanovitch, malgré la conscience désagréable de son hypocrisie et de celle de cette femme. Il revit ce front, ce nez qui retombait sur la lèvre, et il eut peur pour lui-même.

«Trois jours et trois nuits de souffrances atroces, et la mort! Mais cela peut m'arriver tout de suite, à chaque instant, à moi aussi!» pensa-t-il. Et, pour un moment, il eut peur. Mais aussitôt, sans trop savoir comment, l'idée lui revint que tout *ceci* était arrivé à Ivan Ilitch et non pas à lui, et qu'à lui-même cela ne devait et ne pouvait arriver; qu'il avait tort de se laisser aller à des idées noires, au lieu de suivre l'exemple de Schwartz. Ces réflexions rassurèrent Piotr Ivanovitch. Il s'enquit avec intérêt des détails touchant la mort d'Ivan Ilitch, comme si la mort était un accident spécial à Ivan Ilitch, mais qui ne l'atteignait nullement lui-même.

Après avoir raconté avec force détails les souffrances physiques vraiment affreuses supportées par Ivan Ilitch (les détails de ces souffrances, Piotr Ivanovitch ne les connut qu'autant qu'elles avaient affecté les nerfs de Prascovie Ivanovna), elle jugea le moment venu de parler affaires.

— Ah! Piotr Ivanovitch, comme c'est douloureux, terriblement douloureux!

De nouveau elle fondit en larmes.

Il soupira et attendit qu'elle se mouchât.

Quand elle se fut mouchée, il lui dit:

— Croyez bien…

Elle prit la parole et lui communiqua ce qui était visiblement son principal souci. Il s'agissait d'obtenir de l'argent du Trésor, à l'occasion de la mort de son mari. Elle affectait de demander conseil à Piotr Ivanovitch au sujet de la pension, mais il s'aperçut qu'elle avait déjà étudié la question à fond, qu'elle connaissait des détails que lui-même ignorait sur la meilleure façon d'obtenir de l'argent du Trésor à l'occasion de cette mort, mais qu'elle désirait savoir s'il ne serait pas possible d'obtenir encore davantage.

Piotr Ivanovitch essaya de trouver un biais, mais après un moment de réflexion, il déclara, en blâmant par convenance la parcimonie du gouvernement, qu'il croyait impossible d'obtenir davantage. Alors elle soupira et songea évidemment au moyen de se débarrasser de son interlocuteur. Il le comprit, éteignit sa cigarette, se leva, lui serra la main et se dirigea vers l'antichambre.

Dans la salle à manger, où était accrochée une pendule qu'Ivan Ilitch avait été ravi de dénicher chez un brocanteur, Piotr Ivanovitch rencontra le prêtre et d'autres personnes de connaissance venues pour l'office; il vit aussi la fille d'Ivan Ilitch, une jolie personne qu'il connaissait. Elle était tout en noir. Sa taille fine paraissait plus fine encore. Elle avait un air morne, résolu, courroucé même. Elle salua Piotr Ivanovitch comme si elle avait eu à se plaindre de lui. Derrière elle, l'air non moins fâché, se tenait son fiancé, à ce que Piotr Ivanovitch avait entendu dire, un juge d'instruction, riche, qu'il connaissait. Il le salua avec tristesse, et allait passer dans la chambre mortuaire, quand apparut un petit collégien, le fils d'Ivan Ilitch, qui rappelait extraordinairement son père. C'était le même petit Ivan Ilitch que Piotr Ivanovitch avait connu à l'École de droit. Ses yeux étaient larmoyants, comme ceux des enfants vicieux de treize ou quatorze ans. Le garçon se renfrogna d'un air sévère et honteux, en apercevant Piotr Ivanovitch. Celui-ci salua et passa dans la chambre du défunt. L'office commençait. Des cierges, des soupirs, de l'encens, des larmes, des sanglots. Piotr Ivanovitch se tenait debout, l'air maussade, et regardant ses pieds. Il ne jeta pas un seul coup d'œil sur le défunt et lutta jusqu'au dernier moment pour ne pas céder à l'impression déprimante. Il sortit l'un des premiers. Il n'y avait personne dans le vestibule. Guérassim, l'aide sommelier, sortit précipitamment de la chambre mortuaire, remua de ses bras vigoureux toutes les pelisses pour trouver celle de Piotr Ivanovitch, et la lui tendit.

— Eh bien! L'ami Guérassim, dit Piotr Ivanovitch pour dire quelque chose, quel malheur!

— C'est la volonté de Dieu! Nous y passerons tous, répondit Guérassim en montrant ses dents blanches et serrées de paysan; et, de l'air d'un homme surchargé de besogne, il ouvrit vivement la porte, appela le cocher, aida Piotr Ivanovitch à monter, et d'un bond retourna au perron, comme talonné par la pensée de ce qu'il avait encore à faire.

Piotr Ivanovitch aspira avec un plaisir particulier l'air frais, après l'odeur d'encens, de cadavre, et de phénol.

— Où monsieur ordonne-t-il d'aller? Demanda le cocher.

— Il n'est pas encore tard. J'irai chez Fédor Vassilievitch.

Il s'y rendit, et trouva en effet les joueurs à la fin du premier rob, de sorte qu'il put sans inconvénient prendre part au jeu comme cinquième.

II

L'histoire d'Ivan Ilitch était des plus simples, des plus ordinaires, des plus tristes. Ivan Ilitch était mort à quarante-cinq ans, conseiller à la Cour d'appel. Il était fils d'un fonctionnaire qui avait fait sa carrière à Pétersbourg, dans différents ministères, et avait occupé une de ces situations qui prouvent clairement que ceux qui les détiennent seraient incapables de remplir un emploi sérieux. Néanmoins, comme on ne peut les chasser à cause de leurs longues années de services et de leurs grades, ils reçoivent des sinécures créées exprès pour eux auxquelles sont attachés des traitements, nullement fictifs, variant de six à dix mille roubles, et qu'ils touchent jusque dans l'extrême vieillesse.

Tel était le conseiller privé Ilia Éfimovitch Golovine, membre inutile de différentes administrations inutiles.

Il avait eu trois fils. Ivan Ilitch était le second. L'aîné avait suivi la même carrière que son père, mais dans un autre ministère, et approchait déjà de l'âge où les fonctionnaires commencent à recevoir des appointements par la seule force d'inertie. Le troisième fils était un raté. Il n'avait su se maintenir dans les divers emplois qu'il avait obtenus, et maintenant il était employé au chemin de fer. Son père, ses frères, et surtout ses belles-sœurs, non seulement n'aimaient pas à se rencontrer avec lui, mais sans une nécessité extrême, on ne se rappelait pas son existence. La sœur avait épousé le baron Gref, fonctionnaire à Pétersbourg, comme son beau-frère. Mais LE PHÉNIX DE LA FAMILLE, comme on dit, c'était Ivan Ilitch. Il était moins froid, moins méticuleux que l'aîné, moins impulsif que le cadet. Il tenait le juste milieu entre ses deux frères; c'était un homme intelligent, vif, charmant, poli. Il avait fait ses études, avec son frère cadet, à l'École de droit. Mais le cadet n'avait pas fini ses classes; il avait été exclu dès la cinquième, tandis qu'Ivan Ilitch avait terminé brillamment ses études. Encore à l'École de droit, il s'était montré tel qu'il demeura toute sa vie: intelligent, gai, bon garçon, de relations agréables, mais strict dans l'accomplissement de ce qu'il considérait comme son devoir; et le devoir était, pour lui, ce que ses supérieurs hiérarchiques déclaraient tel. Il n'était point d'un naturel obséquieux, mais, dès sa première enfance, et plus tard, il se portait vers les personnages haut placés, comme la mouche vers la lumière, et il s'assimilait leurs manières, leurs vues, et s'insinuait dans leur intimité. Les entraînements d'enfant et de jeune homme ne laissèrent pas de trace profonde dans sa vie. Il sacrifiait cependant à la sensualité, à la vanité, et, vers la fin de ses études, au courant libéral, mais tout cela dans des limites qui prouvaient l'équilibre de sa nature.

Étant à l'École de droit, il avait commis des actes qui lui avaient alors paru indignes et lui avaient inspiré, à ce moment-là, le plus profond mépris pour soi-même; mais s'étant aperçu depuis, que les mêmes actes étaient commis par des gens haut placés, qui ne les tenaient point pour mauvais, il ne les reconnut pas comme bons, mais il les oublia complètement, et leur souvenir ne l'attristait plus.

Ses études terminées avec le grade de la dixième classe, Ivan Ilitch reçut de son père de l'argent pour son uniforme, se fit habiller chez Scharmer, suspendit en breloque la petite médaille portant l'inscription «Respice finem», fit ses adieux au prince, protecteur de l'École, et au directeur, dîna avec ses camarades chez Donon, et, muni de malles, de linge, d'habits à la mode, de rasoirs et autres objets de toilette, ainsi que d'un plaid, le tout acheté ou commandé dans le magasin à la mode, il partit pour la province en qualité de fonctionnaire en mission extraordinaire auprès du gouverneur, place que lui procura son père.

En province, Ivan Ilitch sut se ménager une situation aussi agréable et facile qu'à l'École de droit. Il s'acquittait de ses fonctions, se poussait dans sa carrière, et, en même temps, s'amusait convenablement, doucement. De temps en temps, ses chefs l'envoyaient en mission dans les districts. Il se tirait d'affaire avec dignité, aussi bien envers les supérieurs qu'envers les subordonnés, et il remplissait ses missions, notamment celles qui lui furent confiées au sujet des schismatiques, avec une ponctualité et une honnêteté scrupuleuse dont lui-même était fier.

Dans son service, malgré son jeune âge et son caractère, il savait être froid, officiel, et même sévère. Mais, en société, il était souvent jovial, spirituel, et toujours convenable et BON ENFANT, comme disaient son chef et la femme de son chef, chez qui il était reçu en familier.

Il eut même une liaison avec une dame qui s'était jetée au cou de cet élégant magistrat; il y eut aussi certaine modiste dans sa vie, et des orgies avec les aides de camp de passage et des parties de plaisir dans une rue éloignée, après le souper; il eut aussi le désir de flatter son chef et même la femme de son chef, mais tout cela gardait un tel cachet de convenance qu'on ne pouvait le qualifier d'un terme sévère, et de tout cela on se contentait seulement de dire, employant l'expression française: IL FAUT QUE JEUNESSE SE PASSE. Tout se passait avec des mains blanches, du linge propre, des phrases françaises et, surtout, dans la meilleure société, par conséquent avec l'approbation des grands personnages.

Ivan Ilitch servit ainsi cinq ans, puis il eut son changement. L'institution des tribunaux nouveaux nécessitait des hommes nouveaux. Ivan Ilitch devint l'un des hommes nouveaux. On lui offrit une place de juge d'instruction. Il l'accepta, bien que cela l'obligeât de quitter son ancienne résidence et les relations qu'il s'était faites là, et de s'en créer de nouvelles. Ses amis l'accompagnèrent. On prit un groupe photographique, on lui fit cadeau d'un porte-cigare en argent, et il rejoignit son nouveau poste.

Ivan Ilitch fut un juge d'instruction non moins COMME IL FAUT, non moins habile à séparer les devoirs de sa charge d'avec sa vie privée, et sut inspirer à tous un respect égal à celui qu'il avait su s'acquérir précédemment. Quant à sa nouvelle situation, il la trouvait beaucoup plus intéressante et attrayante que l'ancienne. Dans son service d'autrefois, il éprouvait un certain plaisir à passer d'un pas léger, dans son uniforme de chez Scharmer, devant les solliciteurs et les fonctionnaires qui attendaient l'heure de l'audience et qui lui enviaient le privilège d'entrer librement dans le cabinet de son chef, de boire le thé et de fumer avec lui; mais le nombre des personnes qui dépendaient directement de son bon vouloir était très restreint; c'étaient des commissaires de police, et, quand il allait en mission, des schismatiques. Il traitait poliment, presque en camarades, ces pauvres diables qui dépendaient de lui, aimant à leur faire sentir que lui, qui était tout-puissant sur eux, les traitait avec douceur et bienveillance. Mais ces gens étaient peu nombreux. Maintenant qu'il était juge d'instruction, Ivan Ilitch sentait que tous sans exception, même les plus grands personnages, les plus importants, les plus orgueilleux, dépendaient de son bon vouloir. Il lui suffisait d'écrire quelques mots sur un certain papier à en-tête, pour que l'homme le plus orgueilleux, le plus important, fut amené chez lui, comme accusé ou témoin, obligé de se tenir debout, à moins que lui-même ne le fasse asseoir, et de répondre à toutes ses questions. Ivan Ilitch n'abusait jamais de ce pouvoir. Il tâchait au contraire d'en adoucir l'usage, mais la conscience de ce pouvoir, et la possibilité de l'atténuer, constituaient précisément l'intérêt et l'attrait particuliers de sa nouvelle fonction. Quant au service lui-même, notamment les instructions, Ivan Ilitch acquit très vite l'art d'en écarter toutes les circonstances étrangères, et de donner à l'affaire, même la plus compliquée, la forme sous laquelle cette affaire devait être présentée sur le papier, et dont sa personnalité était totalement exclue, s'attachant principalement à ce que les formes exigées par la loi fussent observées. C'était là quelque chose de tout nouveau. Il fut l'un des premiers qui mirent en pratique le Code de 1864.

Dans sa nouvelle résidence, Ivan Ilitch fit de nouvelles connaissances; il se fit de nouveaux amis, et changea de ton. Il se tint à une distance respectueuse des autorités provinciales, et se créa des relations choisies parmi les magistrats et les gentilshommes riches de l'endroit; il prit un léger ton d'opposition contre le gouvernement, et affecta les dehors d'un libéral modéré, d'un citoyen austère. Mais Ivan Ilitch ne changea rien à l'élégance de sa mise; il cessa seulement de se raser le menton et laissa pousser toute sa barbe.

La vie d'Ivan Ilitch s'écoulait très agréablement. Les membres de la société frondeuse qui l'avait accueilli étaient étroitement unis entre eux; il touchait un plus gros traitement et, parmi les distractions nouvelles, il apprécia surtout le whist, qu'il jouait avec finesse et sang-froid, de sorte qu'il gagnait toujours.

Il était depuis deux ans dans sa nouvelle résidence lorsqu'il rencontra celle qui devait devenir sa femme. Prascovie Fédorovna Mickel était la jeune fille la plus attrayante et la plus spirituelle de la société à laquelle appartenait Ivan Ilitch. Parmi les plaisirs qu'il s'était créés pour se reposer de son travail de juge d'instruction, le plus grand était la camaraderie enjouée qui se forma entre lui et Prascovie Fédorovna.

Du temps qu'il était fonctionnaire en mission extraordinaire, Ivan Ilitch était un danseur enragé; juge d'instruction, il ne dansa guère et seulement pour montrer qu'il y excellait, tout magistrat de cinquième classe qu'il fût. Parfois, il dansait vers la fin de la soirée avec Prascovie Fédorovna, et c'est précisément ainsi qu'il fit sa conquête. Elle devint amoureuse de lui, Ivan Ilitch n'avait jamais pensé sérieusement au mariage; mais lorsqu'il vit que la jeune fille l'aimait, il se dit: «Pourquoi ne me marierais-je pas?»

Prascovie Fédorovna était de bonne famille, noble, et son physique était agréable; en outre elle possédait une petite fortune. Ivan Ilitch pouvait trouver un parti plus brillant, mais celui-là était fort acceptable. Il avait ses appointements, et il espérait que sa femme lui apporterait des rentes équivalentes.

Elle était bien apparentée, charmante, jolie, et tout à fait comme il faut. Il serait tout aussi inexact de dire qu'il se maria par amour et qu'il avait trouvé en sa fiancée des goûts absolument conformes aux siens, que d'avancer qu'il l'avait épousée uniquement parce que dans son monde ce mariage était bien vu. Ivan Ilitch se décida pour deux raisons: en la prenant pour femme il se faisait plaisir à lui-même, et, en même temps, il agissait d'une manière qu'approuvaient les gens haut placés.

Et Ivan Ilitch se maria.

Pendant les fêtes du mariage et les premiers jours qui suivirent, grâce aux tendresses de sa femme, aux nouveaux meubles, à la vaisselle nouvelle et au linge nouveau, tout alla très bien, de sorte qu'Ivan Ilitch commençait à croire que le mariage, loin de troubler sa vie agréable, joyeuse, facile, toujours convenable et approuvée par son monde, ne ferait que la rendre plus agréable encore. Mais dès les premiers mois de la grossesse de sa femme, il survint quelque chose de nouveau, d'inattendu, de désagréable, de pénible, d'inconvenant même, quelque chose à quoi l'on ne pouvait s'attendre, et qu'on ne pouvait éviter.

17

Sa femme, sans aucune raison de GAIETÉ DE CŒUR, comme se le disait Ivan Ilitch, se mit à troubler l'harmonie et la tranquillité de sa vie: elle se montrait jalouse sans aucun motif, exigeait de lui des prévenances continuelles, lui cherchait des querelles à tout propos et lui faisait des scènes désagréables et de mauvais goût.

Au début, Ivan Ilitch espéra échapper à tous ces ennuis en prenant la vie, comme auparavant, par son côté léger et agréable. Il essayait de ne pas voir la mauvaise humeur de sa femme; il invitait chez lui ses collègues, organisait des parties de cartes, ou passait ses soirées au cercle ou chez des amis. Mais un jour, sa femme le prit à partie avec une telle violence et si grossièrement, elle répéta ensuite la même scène avec tant d'acharnement chaque fois qu'il refusait de se soumettre à sa volonté, qu'il en fut épouvanté. Elle était évidemment résolue à persister jusqu'à ce qu'il consentît à rester avec elle à la maison et à partager son ennui. Il comprit que la vie de famille, du moins avec sa femme, loin d'ajouter au charme, à l'harmonie de l'existence, ne faisait au contraire qu'y apporter du trouble.

Et Ivan Ilitch songea aux moyens de se soustraire à cette tyrannie. Ses occupations étaient la seule chose qui inspirait du respect à Prascovie Fédorovna. Ivan Ilitch prétexta ses fonctions pour lutter contre sa femme et se créer un monde à soi.

Après la naissance de l'enfant, les tentatives infructueuses d'allaitement, d'autres soucis encore, les maladies réelles et imaginaires de l'enfant et de la mère, réclamèrent l'intervention d'Ivan Ilitch, bien qu'il n'y pût rien. La nécessité de se créer une existence à part lui parut plus impérieuse encore.

À mesure que sa femme devenait plus irritable et plus exigeante, Ivan Ilitch reportait de plus en plus sur son service tout l'intérêt de sa vie. Il s'attacha davantage aux soins de sa carrière et devint de plus en plus ambitieux.

Une année à peine après son mariage, il comprit que la vie de famille, tout en présentant quelques avantages, était cependant une chose très compliquée et très pénible, et que, pour mener une vie convenable, approuvée par la société, il fallait une règle dans le mariage comme dans le service.

Cette règle, Ivan Ilitch l'institua dans ses rapports avec sa femme. Il exigea d'elle d'être une bonne maîtresse de maison, de veiller à ce que le lit et le dîner soient bien soignés, et surtout de respecter les convenances imposées par l'opinion publique. D'ailleurs, si elle se montrait de bonne composition, il l'accueillait avec reconnaissance; au contraire, s'il avait à se plaindre de son humeur, il se réfugiait bien vite dans ses occupations professionnelles, où il trouvait de l'agrément.

Ivan Ilitch était considéré comme un bon magistrat. Au bout de trois ans, il fut nommé substitut du procureur. Ses nouvelles attributions, leur importance, le pouvoir de requérir et de jeter en prison, les discours en public, son succès, tout cela l'attacha davantage à son service.

Il eut d'autres enfants. Sa femme devenait de plus en plus acariâtre et méchante, mais les règles qu'avait établies chez lui Ivan Ilitch le rendaient presque invulnérable.

Après sept ans de séjour dans la même ville, il fut nommé procureur dans une autre province. Toute la famille s'y rendit; ils avaient peu d'argent et ce nouveau poste ne plaisait pas à sa femme; le traitement était plus élevé, mais la vie était bien plus chère. En outre, ils perdirent deux enfants, et la vie familiale devint pour Ivan Ilitch encore plus insupportable. Prascovie Fédorovna accusait son mari de tous les malheurs survenus dans leur nouvelle résidence. Presque toutes les conversations entre les deux époux, surtout quand il s'agissait de l'éducation des enfants, ravivaient le souvenir des querelles anciennes, et en provoquaient de nouvelles. À de rares intervalles l'amour se réveillait, mais pour peu de temps. C'étaient des îlots où ils se reposaient un moment, puis ils étaient de nouveau emportés dans un océan de haine latente, qui se manifestait par leur éloignement mutuel. Cet éloignement aurait attristé Ivan Ilitch s'il avait pensé qu'il en pouvait être autrement, mais il trouvait cela tout à fait normal et il en faisait le but de son existence familiale. Ce but était de se débarrasser de plus en plus de ces désagréments, de leur donner un caractère inoffensif et convenable. Il y parvenait en consacrant aux siens le moins de temps possible, et, quand il se trouvait obligé de rester avec eux, il s'entourait d'étrangers. Mais son grand refuge c'était son service. Dans les obligations de sa charge, il concentrait tout l'intérêt de son existence. Et cet intérêt l'absorbait.

La conscience qu'il avait de pouvoir perdre qui bon lui semblerait, sa propre importance qui se manifestait au tribunal où il rencontrait ses subordonnés, ses succès devant ses chefs et ses subordonnés, et surtout sa maîtrise dans les affaires, enfin les conversations entre collègues, les dîners en ville, le whist, tout cela lui plaisait et remplissait sa vie. Ainsi, Ivan Ilitch jugeait que sa vie se passait comme il convient, qu'elle était agréable et bien séante.

Sept années s'écoulèrent de la sorte. La fille, l'aînée, était dans sa seizième année. Ils perdirent un autre enfant; il leur restait encore un garçon, un collégien, objet de leurs discussions. Ivan Ilitch voulait qu'il fît ses études à l'École de droit. Prascovie Fédorovna, par esprit de contradiction, l'envoya au collège. La fille, élevée à la maison, étudiait avec zèle. Le garçon aussi travaillait bien.

III

Ivan Ilitch vécut ainsi durant dix-sept années de mariage. Il était déjà l'un des plus anciens procureurs, et avait refusé plusieurs fois son changement pour attendre un poste plus important, lorsque, tout à coup, survint un incident désagréable qui faillit troubler tout à fait son repos. Il espérait être nommé président du tribunal dans une ville universitaire, lorsque Hoppé, on ne sait comment, lui fut préféré. Ivan Ilitch s'en irrita et fit des reproches à son heureux rival. Il se brouilla avec ses chefs qui lui gardèrent rancune, si bien qu'à la promotion suivante il ne fut pas nommé.

C'était en 1880. Ce fut l'année la plus pénible de la vie d'Ivan Ilitch. Cette année, il s'aperçut, d'une part, que ses appointements ne suffisaient plus à leur vie; d'autre part, que tout le monde l'oubliait, et que ce qu'il considérait comme une injustice criante semblait aux autres la chose la plus naturelle. Son père même ne se croyait pas obligé de lui venir en aide. Il se sentit abandonné de tous ceux qui semblaient croire qu'une situation de trois mille cinq cents roubles d'appointements était normale et même brillante. Au contraire, en pensant à toutes les injustices dont il était victime, aux scènes éternelles avec sa femme, aux dettes qu'entraînait une vie trop large, il trouvait, lui, que sa situation était loin d'être normale.

Pour faire des économies, l'été il prit un congé, et alla vivre avec sa famille à la campagne, chez le frère de sa femme.

Là, dans l'oisiveté, Ivan Ilitch, pour la première fois, ressentit non seulement de l'ennui, mais une angoisse intolérable; il décida qu'on ne pouvait continuer à vivre de la sorte et que des mesures énergiques s'imposaient.

Après une nuit d'insomnie, qu'il passa à se promener sur la terrasse, il résolut de se rendre à Pétersbourg, de faire des démarches et, pour punir ceux qui n'avaient pas su l'apprécier, de passer dans un autre ministère.

Le jour suivant, malgré les objections de sa femme et de son beau-frère, il partit pour Pétersbourg.

En partant il avait seulement l'intention d'obtenir une place de cinq mille roubles. Les fonctions qu'il aurait à remplir au ministère lui importaient peu. Il ne voulait qu'une place, une place de cinq mille roubles, soit dans les bureaux, soit dans les banques, soit dans les chemins de fer, soit dans les institutions de l'impératrice Marie, soit dans les douanes, pourvu qu'il touchât les cinq mille roubles et qu'il quittât un ministère où on n'avait pas su l'apprécier.

Le voyage d'Ivan Ilitch fut couronné d'un succès étonnant et inattendu. À Koursk, un de ses amis, F. S. Iline, monta dans le compartiment de première classe qu'il occupait et lui communiqua un télégramme que venait de recevoir le gouverneur de Koursk. On lui annonçait qu'un grand remaniement allait avoir lieu d'ici quelques jours dans le ministère: Ivan Sémionovitch serait nommé à la place de Piotr Ivanovitch.

Outre l'influence que ce changement pouvait avoir pour la Russie, il avait une importance particulière pour Ivan Ilitch. En effet, un nouveau personnage, Piotr Ivanovitch, arrivait au pouvoir, et il protégerait sûrement son ami Zakhar Ivanovitch dont Ivan Ilitch était également l'ami.

La nouvelle lui fut confirmée à Moscou. Arrivé à Pétersbourg, Ivan Ilitch se rendit chez Zakhar Ivanovitch qui lui promit une nomination dans le même ministère.

Une semaine plus tard, il télégraphiait à sa femme: «*Zakhar nommé place Miller, à premier rapport reçois nomination.*»

Grâce à ces nouveaux personnages, Ivan Ilitch reçut une nomination qui l'éleva de deux grades au-dessus de ses anciens collègues: cinq mille roubles d'appointements et trois mille cinq cents roubles pour ses frais de déplacement.

Oubliant tout son dépit contre ses anciens ennemis et son ministère, Ivan Ilitch était pleinement heureux.

Il revint à la campagne gai et dispos comme il ne l'avait pas été depuis longtemps. Prascovie Fédorovna se montra également joyeuse, et la paix fut rétablie entre eux. Ivan Ilitch racontait comment on l'avait fêté à Pétersbourg, comment ses ennemis étaient confus et recherchaient maintenant ses bonnes grâces, leur jalousie et surtout à quel point il était maintenant aimé de tout le monde à Pétersbourg. Prascovie Fédorovna l'écoutait, feignait de tout croire, ne le contredisait en rien et se contentait de former des projets pour leur installation dans la ville qu'ils allaient désormais habiter.

Ivan Ilitch vit avec joie que les projets de sa femme étaient conformes aux siens, que l'harmonie revenait dans sa famille, et qu'il pourrait recommencer à mener une vie agréable et décente.

Il n'était revenu à la campagne que pour peu de temps. Il devait prendre possession de son nouveau poste le 10 septembre, et, en outre, il lui fallait le temps de déménager, de faire des achats et des commandes afin de s'installer comme il en avait conçu le projet et comme c'était presque décidé aussi dans l'esprit de Prascovie Fédorovna.

Maintenant que tout était si bien arrangé, qu'il s'entendait si bien avec sa femme, maintenant surtout qu'ils se voyaient rarement, leurs rapports devinrent d'une cordialité qu'ils n'avaient pas connue depuis leur mariage. Ivan Ilitch avait eu d'abord l'intention d'emmener tout de suite sa famille avec lui, mais sa belle-sœur et son beau-frère insistèrent tellement et devinrent subitement si aimables pour Ivan Ilitch et sa famille qu'il partit seul.

Il partit donc et la bonne humeur qui lui venait de son succès et de l'accord avec sa femme, ne le quitta plus. Il trouva un appartement charmant, juste comme ils l'avaient rêvé tous deux, avec des pièces vastes et hautes, dans le style ancien, un cabinet de travail commode et imposant, des chambres pour sa femme et sa fille, une salle d'étude pour son fils. Tout y était distribué comme exprès pour eux. Ivan Ilitch s'occupa lui-même de l'installation; il choisit les papiers, acheta les meubles, surtout des meubles anciens, d'aspect cossu, et peu à peu l'ensemble s'approcha de l'idéal qu'il avait imaginé. Quand il fut à moitié installé, le résultat obtenu dépassa tout ce qu'il avait espéré. Tout de suite il se rendit compte de l'aspect distingué, élégant, comme il faut, qu'aurait l'appartement quand tout serait terminé. En s'endormant il songeait à son salon. Quand il regardait le salon de réception encore à moitié installé, il voyait déjà en place la cheminée, l'écran, la petite étagère et les petites chaises disposées çà et là, les faïences appendues aux murs, et les bronzes en place. Il se réjouissait en pensant à la surprise de Prascovie et de Lise, qui, elles aussi, aimaient ces choses. Certains meubles, surtout, qu'il avait eu la chance d'acquérir à bon compte, donnaient à l'appartement un cachet particulier de noblesse. Dans ses lettres, il veillait à rester au-dessous de la réalité, afin que la surprise fût plus grande. Ces soins l'absorbaient toujours tellement que même ses nouvelles fonctions, qu'il aimait pourtant, l'intéressaient moins qu'il ne se l'était figuré. Pendant les audiences, il était souvent distrait et se demandait quel ornement, droit ou cintré, il mettrait à ses rideaux. Il en était si préoccupé que souvent il déplaçait lui-même les meubles ou posait les tentures. Un jour, en montant sur une échelle pour expliquer au tapissier, qui ne comprenait pas, comment il voulait draper les rideaux, il fit un faux pas et tomba; mais comme il était adroit et vigoureux, il se retint et se cogna seulement le côté à l'espagnolette. Il en souffrit pendant quelques jours, puis la douleur disparut. D'ailleurs il se sentait, tout ce temps, particulièrement gai et bien portant. Il écrivait aux siens: «Je me sens rajeuni de quinze ans». Il comptait terminer l'installation en septembre mais les choses traînèrent jusqu'à la mi-octobre. En revanche tout était parfait, et ce n'était pas seulement son avis, mais celui de tout le monde.

En réalité, l'appartement était comme ceux de toutes les personnes qui, sans être riches, veulent ressembler aux riches, ce qui fait qu'ils ne se ressemblent qu'entre eux: des tentures, de l'ébène, des fleurs, des tapis, des bronzes, d'une tonalité tantôt sombre tantôt brillante, tout ce que des gens d'une certaine classe emploient pour ressembler à des gens d'une certaine classe. Chez lui, cette ressemblance était si parfaitement atteinte que rien ne méritait une attention particulière quoique tout lui parût original. Lorsqu'il fit entrer sa famille dans l'antichambre illuminée, et pleine de fleurs, et qu'un laquais en cravate blanche les introduisit dans le salon et le cabinet, tout rayonnant de plaisir il savourait leurs éloges. Le soir même, pendant le thé, Prascovie Fédorovna lui demanda, au cours de la conversation, comment il était tombé. Il se mit à rire et mima la scène de la chute et l'effroi du tapissier.

— Je ne suis pas en vain un bon gymnaste. Un autre se serait tué sur le coup. Je me suis simplement heurté, ici... Quand je touche ça me fait mal, mais ça passera, ce n'est qu'un bleu.

Et l'on vécut dans le nouvel appartement. Comme toujours, au bout d'un certain temps, on s'aperçut qu'il manquait une pièce, et que les nouveaux appointements étaient insuffisants: cinq cents roubles de plus, et tout eût été parfait.

Au début surtout, tant qu'il resta quelques petits arrangements à faire, tout alla bien: il fallait acheter une chose, déplacer ou ajouter un meuble. Malgré quelques légers dissentiments entre les époux, ils étaient si contents, ils avaient tant à faire, que tout s'arrangeait sans grandes querelles. Lorsque tout fut complètement terminé, ils commencèrent à s'ennuyer un peu; quelque chose leur manquait. Alors les nouvelles relations, les nouvelles habitudes, vinrent remplir leur existence. Ivan Ilitch rentrait dîner après sa matinée passée au tribunal, et les premiers temps, il était toujours d'excellente humeur, quoiqu'il fût souvent contrarié au sujet de l'appartement. Il suffisait d'une tache sur un tapis ou sur les tentures, d'un cordon de rideau cassé, pour l'irriter. Tout cela lui avait coûté tant de peine, que la moindre chose l'agaçait. Mais, en général, sa vie s'annonçait agréable, facile et convenable, précisément comme il le souhaitait. Il se levait à neuf heures, prenait son café, lisait son journal, et après avoir endossé son uniforme, il se rendait au tribunal. Habitué à ce joug, il s'y pliait sans effort, et tout marchait comme sur des roulettes: les solliciteurs, les requêtes, les renseignements à fournir, le travail de la chancellerie, les séances publiques, et les conférences administratives. Il fallait savoir écarter les préoccupations de la vie vraie, qui troublent toujours la régularité du service; il fallait avoir, avec le public, uniquement des rapports de service; les motifs de ces rapports et ces rapports eux-mêmes devaient se rattacher exclusivement au service.

Un monsieur vient, par exemple, demander un renseignement. Si ce renseignement ne concerne que l'homme privé, Ivan Ilitch ne se croit pas tenu de le donner; mais s'agit-il de quelque chose qui doit être écrit sur papier à entête, Ivan Ilitch fera tout ce qu'il pourra, avec toute la courtoisie et l'amabilité possibles. Ceci fait il passe à tout autre chose. Ivan Ilitch possédait au plus haut degré le talent d'établir une ligne de démarcation entre le service et sa vie privée. Cependant, il prenait plaisir à les confondre, ce que lui permettaient sa longue pratique et son habileté consommée. Il déployait à ce jeu, tout en restant correct, non seulement de l'aisance mais une véritable virtuosité. Dans ses moments de loisirs, il fumait, prenait le thé, parlait politique, affaires publiques, cartes, et surtout promotions. Un peu las, fier comme un premier violon qui vient d'exécuter en virtuose sa partie d'orchestre, il rentrait chez lui. La mère et la fille recevaient du monde ou étaient en visites; le fils était au collège ou préparait à la maison ses devoirs avec des répétiteurs: il travaillait très bien.

Tout allait à souhait. Après dîner, s'il n'y avait pas de monde, Ivan Ilitch lisait le livre dont on parlait, et le soir il se mettait à ses affaires, c'est-à-dire qu'il dépouillait les dossiers, compulsait le code, comparait les dépositions, cherchait la loi à appliquer. Il ne trouvait à ce travail ni ennui ni plaisir. Il eût certes préféré jouer aux cartes, mais à défaut de cartes mieux valait s'occuper de la sorte que de rester oisif, ou en tête-à-tête avec sa femme. Un des plaisirs d'Ivan Ilitch, c'était les petits dîners qu'il offrait à quelques personnages importants. Ces réunions rappelaient les distractions de tous les gens de son milieu, comme son salon rappelait les leurs. Une fois même il donna une vraie soirée. On dansa. Ivan Ilitch était ravi, et la joie eut été parfaite sans une brouille qui survint à propos des gâteaux et des bonbons. Prascovie Fédorovna avait son idée, mais Ivan Ilitch insista pour prendre tout chez un confiseur très cher. Il commanda beaucoup de gâteaux qui restèrent, et la note se montait à 45 roubles. La dispute fut vive et désagréable. Prascovie Fédorovna traita son mari d'imbécile. Lui se prit la tête à deux mains et, sous le coup de l'irritation, il prononça le mot de divorce.

La soirée, néanmoins, fut des plus réussies. La meilleure société s'y pressait, et Ivan Ilitch dansa avec la princesse Troufonov, sœur de la fondatrice bien connue de la Société: «Emporte mon chagrin».

L'exercice de sa charge lui procurait des satisfactions d'amour-propre; la fréquentation de la bonne société lui donnait celles de la vanité, mais ses vraies joies, il les devait aux cartes. Il avouait que quelque ennui qu'il pût avoir, il goûtait une joie suprême, à s'attabler avec de bons joueurs et des partenaires sérieux devant un whist à quatre, exactement à quatre (à cinq c'est beaucoup moins amusant, quoiqu'on le dise, par politesse), à jouer un jeu serré et intelligent (quand on est en veine), à souper ensuite et boire un verre de vin. Après le whist, surtout quand il s'en tirait avec un petit gain (trop gagner est désagréable), Ivan Ilitch se mettait au lit dans une disposition d'humeur particulièrement heureuse.

C'est ainsi qu'ils vivaient. Leur société était des mieux choisies: des personnages importants et des jeunes gens venaient chez eux.

Le père, la mère, la fille étaient tout à fait d'accord sur le choix de leurs relations, et tous trois, sans se donner le mot, s'entendaient pour éloigner d'eux tous les parents et les amis pauvres qui, pleins d'empressement et de tendresse, venaient les voir dans leur salon orné de poteries japonaises. Bientôt ces petites gens cessèrent de venir; les Golovine ne reçurent plus qu'une société choisie. Les jeunes gens faisaient la cour à Lise. L'un d'eux, Petristchev, juge d'instruction, fils de Dmitri Ivanovitch Petristchev, et l'unique héritier de sa fortune, se mit à la courtiser si sérieusement qu'Ivan Ilitch demanda à sa femme s'il ne conviendrait pas d'organiser des promenades en troïka ou un spectacle de société?

Ainsi vivaient-ils. Tout marchait régulièrement et tout allait fort bien.

IV

Tout le monde se portait bien. On ne pouvait attacher d'importance à ce goût bizarre, dans la bouche, dont se plaignait parfois Ivan Ilitch et à cette sensation de gêne qu'il éprouvait dans le côté gauche du ventre.

Mais peu à peu cette sensation de gêne, sans devenir une douleur, prit le caractère d'une lourdeur constante dans le côté, et l'humeur d'Ivan Ilitch s'en ressentit. Sa mauvaise humeur, qui ne fit que croître, ne tarda pas à gâter la vie agréable, facile, insouciante, qu'était devenue celle de la famille Golovine. Les querelles devinrent de plus en plus fréquentes. C'est à peine si l'on parvint à sauver les apparences. Les scènes se multipliaient. De nouveau il ne resta plus que les petits îlots, et encore peu nombreux, où le mari et la femme pouvaient passer quelques moments tranquilles.

Prascovie Fédorovna disait, non sans raison maintenant, que son mari avait un caractère pénible. Avec sa manie de tout exagérer, elle prétendait qu'il avait toujours eu ce caractère, et qu'il avait fallu sa bonté d'âme à elle pour le supporter vingt ans. Il est vrai que, maintenant, dans leurs querelles, c'était toujours lui qui commençait. Régulièrement, il se mettait à grogner au moment de se mettre à table, ou bien, au commencement du dîner, pendant le potage. Tantôt c'était pour une assiette ébréchée, tantôt pour un plat qui ne lui plaisait pas, tantôt parce que son fils avait mis ses coudes sur la table, ou à cause de la coiffure de sa fille. Et toujours c'était la faute de Prascovie Fédorovna. Les premiers temps, elle lui tint tête et lui répondit avec violence, mais à deux reprises, au commencement des repas, il s'emporta si furieusement qu'elle comprit que c'était dû à un état maladif, alors elle décida de ne plus lui répondre et se contenta de presser le dîner. Elle s'en fit un immense mérite. Comme elle avait décidé que son mari avait un caractère affreux et qu'il l'avait rendue extrêmement malheureuse, elle s'apitoya sur elle-même. Et plus elle se trouvait à plaindre, plus elle détestait son mari. Elle eut bien souhaité sa mort, mais alors les appointements auraient manqué. Et cela l'irritait davantage

28

contre lui. Elle se jugeait très malheureuse, d'autant plus que la mort même ne pouvait la délivrer, et elle s'irritait sans en rien laisser voir. Mais cette irritation muette augmentait la colère de son mari. Après une scène où Ivan Ilitch s'était montré particulièrement injuste, ce qu'il reconnut lui-même, mais en mettant son irritabilité excessive sur le compte de la maladie, elle déclara que puisqu'il était malade, il devait se soigner, et elle exigea de lui qu'il allât consulter un médecin célèbre. C'est ce qu'il fit. Tout se passa comme il s'y attendait, et comme cela se passe toujours. Attente prolongée, mine importante du docteur, cette même mine que lui, magistrat, savait si bien prendre, auscultation, questions habituelles, réponses prévues et complètement inutiles, et cet air d'importance qui semble dire: Vous autres, clients, vous n'avez qu'à vous fier à nous; nous allons arranger tout cela; chez nous tout est connu d'avance, c'est toujours la même chose avec tous, quel que soit le tempérament.

C'était tout à fait comme au tribunal. Les airs qu'il prenait, lui, vis-à-vis des accusés, le célèbre médecin les prenait vis-à-vis de lui.

Le médecin lui dit:

— Telle et telle chose me font supposer cela et cela, mais si un examen plus approfondi ne justifiait pas ce diagnostic, il faudrait admettre que vous avez cela et cela. Et si l'on supposait cela et cela, alors… Et ainsi de suite.

Pour Ivan Ilitch une seule chose était importante: son cas était-il grave ou non? Mais le médecin négligea cette question. À son avis, comme médecin, c'était là une préoccupation oiseuse qui ne méritait aucune attention; il s'agissait seulement de décider à laquelle des hypothèses s'arrêter: rein flottant, catarrhe chronique, lésion du gros intestin.

La question de la vie d'Ivan Ilitch n'existait point; il fallait décider seulement entre le rein flottant et le gros intestin. Dans cette discussion, engagée en présence d'Ivan Ilitch, la question fut tranchée de la façon la plus brillante par le docteur qui se prononça pour l'intestin, toutefois sous cette réserve que l'analyse de l'urine pouvait infirmer ce diagnostic, et qu'alors, dans ce cas, il faudrait un nouvel examen. Tout cela était exactement ce qu'Ivan Ilitch avait fait lui-même des milliers de fois avec les accusés, et d'une manière aussi brillante. Non moins habilement le médecin débita son résumé, en jetant même, par-dessus ses lunettes, un regard de joyeux triomphe sur le prévenu. Du résumé du docteur, Ivan Ilitch conclut que cela allait mal, qu'il importait peu au docteur, et peut-être à tout le monde qu'il en fût ainsi, mais que pour lui ça allait mal.

Cette conclusion frappa douloureusement Ivan Ilitch et éveilla en lui un sentiment infini de pitié pour lui-même et une haine profonde contre ces médecins si indifférents à une chose si importante.

Mais il se leva en silence, mit l'argent sur la table et dit en soupirant:

— Nous autres, malades, probablement nous vous posons souvent des questions déplacées; mais, en général, mon état est-il dangereux ou non?

Le médecin lui lança un regard sévère par dessus ses lunettes. Ce regard semblait dire: Accusé, si vous sortez de la question, je serai obligé de vous faire emmener hors de la salle d'audience.

— Je vous ai déjà dit ce que je jugeais nécessaire et convenable de vous dire… répondit le médecin. Un nouvel examen complétera le diagnostic. Et il le salua.

Ivan Ilitch sortit à pas lents, remonta tristement dans son traîneau et rentra chez lui. Pendant le trajet, il repassa dans sa tête les paroles du docteur, tâchant de débrouiller tout ce fatras pédantesque et de le traduire en un langage simple pour y trouver la réponse à cette question: Suis-je atteint gravement, très gravement, ou n'est-ce encore rien?

De tout ce qui s'était passé, il conclut que le danger était grave. Et tout, dans la rue, lui parut triste: les cochers étaient tristes, tristes également les passants, les maisons, les magasins. La douleur sourde qu'il ressentait ne lui laissait pas une minute de répit et donnait une signification plus grave aux phrases ambiguës du médecin.

Ivan Ilitch, avec une sensation pénible et nouvelle, se mit à observer son mal.

Arrivé chez lui, il raconta tout à sa femme. Elle l'écouta patiemment, mais au milieu de son récit, sa fille entra, le chapeau sur la tête, prête à sortir. Elle s'assit à contre-cœur pour entendre le récit de son père, mais ni la mère ni la fille ne purent écouter jusqu'au bout.

— Eh bien! Je suis très contente, dit la femme. J'espère maintenant que tu vas te soigner et suivre ponctuellement les prescriptions du médecin. Donne-moi l'ordonnance; j'enverrai Guérassim à la pharmacie. Et elle alla faire sa toilette.

Ivan Ilitch s'était essoufflé à parler pendant tout le temps que sa femme était restée là.

Aussitôt qu'elle fut sortie, il poussa un profond soupir en se disant:

— Elle a peut-être raison. Ce ne sera peut-être rien…

Il prit régulièrement les médicaments, et suivi les prescriptions nouvelles données après l'analyse de l'urine. Mais, à la suite de cette analyse et des modifications qu'elle entraîna dans le traitement il y eut confusion.

On ne pouvait pas voir le médecin, dont les instructions avaient été mal comprises; peut-être aussi, soit oubli, soit négligence, n'avait-il pas indiqué clairement ce qu'il fallait faire; peut-être avait-il caché quelque chose.

En tout cas, Ivan Ilitch suivit ponctuellement son traitement, et il y trouva une grande consolation.

Son principal souci, depuis qu'il avait consulté le médecin, était de suivre scrupuleusement ses prescriptions tant hygiéniques que curatives, et d'observer attentivement sa maladie et toutes les fonctions de son organisme. Les questions de santé et de maladie devinrent les seules qui l'intéressassent. Lorsqu'on parlait devant lui de personnes malades, mortes, convalescentes, surtout lorsqu'on citait des cas qui ressemblaient au sien, il écoutait tranquillement en apparence, en s'efforçant de cacher son émotion, et comparait tout ce qu'on lui disait avec son mal à lui.

Ce mal ne diminuait pas, mais Ivan Ilitch s'appliquait à s'imaginer qu'il allait mieux. Lorsque rien ne le troublait, il pouvait se faire illusion. Mais à la moindre dispute avec sa femme, au moindre ennui dans son service, à une mauvaise partie de cartes, le mal se faisait sentir. Auparavant, chaque fois que survenait une de ces petites misères, il s'en consolait en se disant que les choses s'arrangeraient, que les obstacles finiraient par céder, qu'il réussirait à la première occasion, mais maintenant le moindre accroc le décourageait et le désespérait. Il se disait: «Voilà, je commençais à aller mieux, les remèdes commençaient à agir, lorsque ce maudit malheur, ou ce désagrément…» Et il s'emportait contre les choses ou les gens qui le tracassaient ainsi, et il sentait que cette colère le tuait, mais il ne pouvait se maîtriser. Il aurait dû voir clairement que cette irritation contre les choses et les gens ne faisait qu'accroître son mal, que le mieux était de ne pas faire attention à ces ennuis, mais il faisait juste le contraire. Il se disait qu'il avait besoin de calme, mais il cherchait toutes les occasions d'irritation, et dès qu'il en avait trouvé une, il s'enflammait. Ce qui aggravait encore son état, c'était la lecture des livres de médecine, et ses visites chez les médecins. Son mal suivait un cours si régulier qu'il lui était facile de se faire illusion en comparant un jour avec le précédent, tant la différence était petite. Mais lorsqu'il consultait les médecins, il lui semblait que tout allait plus mal et que les progrès de la maladie étaient très rapides. Malgré cela, il continuait à les consulter.

Dans le courant du même mois, il alla voir une autre célébrité médicale. Cette seconde célébrité s'exprima presque de la même façon que la première, mais en posant ses questions autrement. Cette nouvelle consultation ne fit qu'augmenter les doutes et la crainte d'Ivan Ilitch. Un ami d'un de ses amis, un très bon médecin, diagnostiqua une tout autre maladie, et, tout en promettant la guérison, il embrouilla tellement Ivan Ilitch par ses questions et ses hypothèses, que celui-ci n'en fut que plus anxieux. Un homœopathe trouva encore un nouveau nom à sa maladie et lui ordonna quelque chose qu'il avala consciencieusement, pendant une semaine, à l'insu de tous. Mais au bout de huit jours, ne se trouvant pas mieux, il perdit toute confiance dans ce traitement ainsi que dans les précédents, et il devint encore plus triste.

Un jour, une dame de leurs amies lui raconta une guérison miraculeuse obtenue par les icônes. Ivan Ilitch se surprit à l'écouter avec attention et à analyser la possibilité d'un tel fait. Il en fut effrayé:

«Est-il possible que j'aie tellement baissé, pensa-t-il. Ce n'est rien, bêtise que tout cela. Il ne faut pas être aussi pessimiste. Je vais m'en tenir à un seul médecin et suivre rigoureusement son traitement. C'est chose décidée. Je n'y penserai plus, et jusqu'à l'été je suivrai le même traitement. Après nous verrons. Mais maintenant plus d'indécision.»

C'était facile à dire mais difficile à faire. Sa douleur au côté était de plus en plus vive et persistante; le goût désagréable qu'il sentait dans sa bouche s'accentuait davantage, son haleine devenait fétide et son appétit diminuait en même temps que ses forces. On ne pouvait s'y tromper. Il se passait en lui quelque chose d'inattendu et de mystérieux, quelque chose qu'il n'avait jamais éprouvé jusqu'à présent. Lui seul en avait conscience, et tous ceux qui l'entouraient ne le comprenaient pas ou ne voulaient pas le comprendre, et continuaient à penser que tout allait bien.

C'était là ce qui le faisait le plus souffrir. Les siens, surtout sa femme et sa fille, qui étaient en pleine saison mondaine, ne remarquaient rien, et se montraient contrariées de sa mauvaise humeur et de ses exigences comme s'il y avait eu là quelque malignité de sa part. Malgré leurs efforts pour dissimuler, il voyait bien qu'il leur était à charge, que sa femme avait son opinion toute faite sur sa maladie et qu'elle n'en démordrait pas, quoiqu'il pût faire ou dire. Cette opinion, voici comment elle l'exprimait:

— Vous savez, disait-elle à ses amis, Ivan Ilitch ne peut pas, comme le ferait tout homme raisonnable, suivre aucun traitement avec ponctualité. Aujourd'hui, il prend ses remèdes, mange ce qu'on lui a prescrit, se couche de bonne heure, mais demain, si je n'y veille pas, il oubliera ses gouttes, mangera de l'esturgeon (qui lui est défendu) et s'attardera à la table de jeu.

— Mais voyons, quand cela m'est-il arrivé? Répliquait avec humeur Ivan Ilitch. Une fois seulement chez Piotr Ivanovitch.

— Et hier, avec Schebek.

— Ma douleur m'empêchait de dormir.

— Oh! Il y a toujours une excuse… Seulement tu ne guériras jamais et tu ne feras que nous tourmenter.

Prascovie Fédorovna était convaincue, et elle le disait à tout venant et à Ivan Ilitch lui-même, que cette maladie n'était qu'un nouveau moyen choisi par son mari pour lui gâter l'existence. Ivan Ilitch sentait la sincérité de cette conviction, et il ne s'en portait pas mieux.

Au tribunal il lui semblait aussi que la façon d'être à son égard avait changé; tantôt on le considérait comme un homme dont la place sera bientôt vacante, tantôt on le raillait de son hypocondrie, comme si cette chose épouvantable, inattendue, qui lui rongeait les entrailles et l'entraînait irrésistiblement, n'était qu'un agréable sujet de raillerie. C'était surtout Schwartz avec sa gaieté, son exubérance, ses manières d'homme comme il faut, qui lui rappelaient ce qu'il était lui-même dix ans auparavant, qui l'irritait particulièrement.

Des amis se réunissent pour une partie de cartes. On s'assoit, on donne les cartes. Les carreaux sont dans la même main, il y en a sept. Son partenaire annonce sans atout et soutient deux carreaux. Que faut-il de plus pour se sentir d'humeur joyeuse?… Schelem!… Mais soudain, Ivan Ilitch est repris par sa douleur, par ce goût dans la bouche, et il lui paraît bien puéril de se réjouir de ce schelem. Il regarde Mikhaïl Mikhailovitch son partenaire, il le voit qui frappe la table de sa main d'homme sanguin et lui abandonne d'un air d'amabilité et de condescendance le plaisir de prendre les levées; il pousse même les cartes vers Ivan Ilitch, afin qu'il ait le plaisir de les prendre sans se fatiguer.

«Me croit-il trop faible pour étendre la main?» se demande Ivan Ilitch. Et il couvre les atouts, en garde un de trop, et ils manquent le schelem de trois levées. Le plus terrible, c'est qu'il s'aperçoit du mécontentement de Mikhaïl Mikhailovitch, tandis que lui demeure indifférent.

N'est-ce point mauvais signe que cette indifférence?

Tous remarquent qu'il souffre et lui disent:

— Nous pouvons interrompre la partie, si vous êtes fatigué. Reposez-vous donc.

Se reposer! Mais il n'est point fatigué; il finira le rob. Tout le monde est morne et silencieux.

Ivan Ilitch comprend très bien que c'est lui qui est cause de cette gêne, et qu'il ne peut pas la dissiper. On soupe. On se sépare. Ivan Ilitch, resté seul, se persuade de plus en plus que sa vie est empoisonnée, qu'il l'empoisonne lui-même et empoisonne celle des autres, et que ce poison, loin de s'affaiblir, gagne de plus en plus tout son être.

Avec cette pensée, sa douleur physique, sa frayeur, il fallait se coucher, pour passer la plupart du temps une nuit blanche, à cause de son mal. Le lendemain matin, il fallait se lever de nouveau, s'habiller, aller au tribunal, parler, écrire, ou bien rester à la maison à compter une par une vingt-quatre heures, dont chacune était pour lui un long tourment. Il fallait vivre ainsi, au bord d'un abîme, seul, sans avoir près de soi un être capable de vous comprendre, de vous soulager.

V

Ainsi s'écoulèrent un mois, deux mois. Avant le nouvel an, son beau-frère vint les voir et resta quelques jours chez eux. Lorsqu'il arriva, Ivan Ilitch se trouvait en ce moment au tribunal, et Prascovie Fédorovna était à faire des courses. En rentrant, Ivan Ilitch trouva son beau-frère, un homme fort et sanguin, occupé à défaire sa malle lui-même. En entendant les pas d'Ivan Ilitch, il releva la tête et, sans mot dire, le regarda une seconde. Il ouvrit la bouche puis retint un cri. Ivan Ilitch comprit.

— Je suis changé? Dit-il.

— Oui… un peu…

Ivan Ilitch eut beau s'efforcer de ramener la conversation sur sa santé, le beau-frère s'arrangea pour éluder ce sujet.

Prascovie Fédorovna rentra, et le beau-frère alla la rejoindre. Ivan Ilitch ferma sa porte à clé et se mit à se regarder dans le miroir, d'abord de face, ensuite de profil. Il prit un portrait de lui, où il était représenté avec sa femme, et le compara avec l'image que lui reflétait son miroir. Le changement était immense. Il releva sa manche de chemise jusqu'au coude, examina son bras, rabaissa sa manche, s'assit sur le divan, et devint plus sombre que la nuit: «Non, non!… Pas ça!…» se disait-il. Il se leva vivement, s'approcha de sa table, prit un dossier et essaya de le lire, mais ne put continuer. Il ouvrit la porte et se dirigea vers le salon. La porte du second salon était fermée. Il s'en approcha sur la pointe des pieds et tendit l'oreille.

— Non, tu exagères! Disait Prascovie Fédorovna.

— Comment, j'exagère! Tu ne vois donc pas que c'est un homme mort! Regarde ses yeux, comme ils sont ternes. Mais qu'est-ce qu'il a?

— Personne ne le sait. Nikolaiev (un nouveau médecin) a dit quelque chose que je ne comprends pas. Leschetitzky (c'était le célèbre docteur) dit le contraire…

Ivan Ilitch s'éloigna, rentra chez lui, se coucha et se répéta: «Le rein... le rein flottant...»

Il se rappela tout ce que lui avaient dit les médecins, sur la manière dont il s'était détaché, dont il flottait. Par un effort de son imagination, il voulait le saisir, l'arrêter, le fixer. Il y aurait si peu à faire, lui semblait-il.

«Non, je retournerai chez Piotr Ivanovitch» (c'était cet ami dont l'ami était médecin).

Il sonna, ordonna d'atteler et s'apprêta à sortir.

— Où vas-tu, Jean? Demanda sa femme avec une expression de tristesse et de bonté inaccoutumée. Cette bonté passagère l'irrita. Il la regarda d'un air morne.

— J'ai besoin de voir Piotr Ivanovitch.

Il alla donc chez l'ami dont l'ami était médecin. Ils se rendirent ensemble chez le docteur. Ils le trouvèrent, et Ivan Ilitch s'entretint longuement avec lui.

Après avoir examiné au point de vue anatomique et physiologique ce que lui avait dit le docteur il finit par comprendre. Il y avait une toute petite chose dans l'intestin aveugle, un rien. Cela pouvait très bien s'arranger. Si l'on renforçait l'énergie d'un organe en diminuant l'activité de l'autre, la nutrition deviendrait normale et l'équilibre se rétablirait.

Il fut un peu en retard pour le dîner. Il mangea, causa gaîment, mais il ne pouvait se résoudre à se retirer dans son cabinet de travail. À la fin il s'y décida, et aussitôt se mit à la besogne. Il lisait des dossiers, travaillait, mais l'idée qu'il avait une affaire urgente, importante, personnelle, dont il s'occuperait ensuite, ne le quittait pas. Quand il eut terminé, il se rappela que cette affaire personnelle était l'état de son intestin. Mais, prenant sur soi, il se rendit au salon, pour le thé. Il y avait du monde. On causait, on jouait du piano, on chantait; le prétendant de sa fille était là. Comme le remarqua Prascovie Fédorovna, Ivan Ilitch passa la soirée plus joyeusement que d'habitude; cependant pas un instant il n'oubliait qu'il avait à se préoccuper sérieusement de son intestin. À onze heures, il prit congé de ses hôtes et se retira dans sa chambre. Depuis qu'il était malade, il dormait seul, dans une petite pièce contiguë à son cabinet. Il se déshabilla et prit un roman de Zola; mais au lieu de lire il se mit à songer. Dans son imagination, il se représentait la guérison si ardemment désirée de son intestin.». «Assimilation, sécrétion, fonctionnement régulier, oui, tout est là, se disait-il. Il n'y a qu'à aider la nature.» Il se rappela qu'il avait une potion à prendre. Il se leva et prit son remède, puis il se coucha sur le dos, observant l'effet du remède, et le soulagement qu'il amenait par degrés. «Il n'y a qu'à suivre le traitement avec régularité et à éviter toute influence nuisible. Je me sens déjà mieux… beaucoup mieux.»

Il toucha son côté et n'éprouva aucune douleur. «Tiens, je ne le sens plus. Je me trouve vraiment mieux».

Il éteignit la bougie et se coucha sur le côté. «L'intestin va mieux, l'assimilation se fait.»

Tout à coup il éprouva la douleur connue, sourde, lancinante, persistante, et, dans la bouche, le même dégoût. Le cœur lui manqua; un vertige le prit: «Mon Dieu, mon Dieu! S'écria-t-il. Encore! Encore!… Cela ne me quittera donc jamais!»

Subitement, ses pensées prirent une autre orientation: «L'intestin, le rein, … se dit-il. Il ne s'agit là ni de rein ni d'intestin! Il s'agit de la vie et de la… mort… Oui, la vie était, mais elle s'en va; elle s'en va et je ne puis la retenir. Oui. Pourquoi se faire des illusions? N'est-ce pas clair pour tout le monde, sauf pour moi, que je me meurs et que ce n'est plus maintenant qu'une question de semaines, de jours… tout à l'heure peut-être. Les ténèbres ont remplacé la lumière. J'étais ici, et maintenant, je m'en vais! Où?» Son corps se glaça. Sa respiration s'arrêta. Il n'entendait que les battements de son cœur. «Moi je ne serai plus, mais qu'arrivera-t-il? Rien ne sera. Où serai-je quand je ne serai plus là? Serait-ce la mort? Non, je ne veux pas!» Il bondit, voulut allumer la bougie, chercha les allumettes d'une main tremblante, fit tomber par terre le bougeoir, et, de nouveau, se rejeta sur ses oreillers. «Pourquoi? À quoi bon?» se disait-il les yeux grands ouverts dans l'obscurité. «La mort. Oui, la mort. Et eux tous n'en savent rien; ils ne veulent pas le savoir, et ne me plaignent pas. Ils jouent! (À travers la porte il entendait un bruit lointain de voix et de ritournelles). Cela leur est bien égal. Pourtant eux aussi mourront. Les imbéciles! D'abord mon tour, après le leur. Et ils rient, ces brutes!» La colère l'étouffait. Il souffrait le martyre. «Ce n'est pas possible que tout le monde soit condamné aux mêmes horreurs!» Il se leva encore une fois. «Il y a quelque chose qui ne va pas. Il faut se calmer, remonter au commencement.» Il se mit à songer. «Oui, le début de ma maladie. Je me suis donné un coup au côté sans rien éprouver d'extraordinaire, seulement une petite douleur sourde. Puis cela s'est aggravé; puis le médecin, la mélancolie, l'angoisse, de nouveau le médecin; et je m'approchais de plus en plus de l'abîme. Les forces diminuent. Plus près, plus près. Et me voilà épuisé. Mes yeux sont devenus ternes. C'est la Mort et moi je ne pense qu'à mon intestin. Je ne pense qu'à guérir mon intestin et c'est la Mort! Mais, est-ce la Mort?» Il fut repris de terreur. Tout haletant il se baissa, chercha les allumettes, heurta la table de nuit, se fit mal, et, dans un mouvement de colère, la poussa fortement et la renversa. Épouvanté, sans souffle, il se jeta sur le dos, attendant la fin.

En ce moment, les visiteurs se retiraient. Prascovie Fédorovna qui les reconduisait ayant entendu le bruit de la chute entra.

— Qu'as-tu?

— Rien. J'ai renversé, sans le vouloir…

Elle sortit et revint avec une bougie. Il était couché et soufflait comme un homme qui a fait une verste en courant; il la regardait d'un œil fixe.

— Qu'as-tu, Jean?

— Rien… J'ai… lais… sé… tom… ber…

«À quoi bon parler, elle ne comprendra pas», se dit-il.

Elle ne comprit pas, en effet. Elle releva la table, alluma une bougie, et s'en alla précipitamment. Lorsqu'elle revint, il était dans la même position, les yeux fixés au plafond.

— Qu'as-tu? Te sens-tu plus mal?

— Oui.

Elle secoua la tête et s'assit un instant.

— Sais-tu, Jean, ne faudrait-il pas faire appeler Leschetitzky?

C'est-à-dire qu'elle voulait faire venir un médecin célèbre, sans regarder à la dépense. Il sourit amèrement et répondit:

— Non.

Elle demeura un moment encore, s'approcha et lui mit un baiser sur le front.

À ce moment, il la haïssait de toutes les forces de son être. Il dut faire un effort pour ne la pas repousser.

— Bonsoir! Tu vas dormir un peu.

— Oui.

VI

Ivan Ilitch se voyait mourir et était désespéré. Au fond de son âme, il savait qu'il allait mourir, et, non seulement il ne pouvait se faire à cette idée, mais il ne comprenait pas et ne pouvait comprendre.

Il avait appris dans le traité de Logique de Kizeveter cet exemple de syllogisme: «Caïus est un homme; tous les hommes sont mortels; donc Caïus est mortel.» Ce raisonnement lui paraissait tout à fait juste quand il s'agissait de Caïus mais non quand il s'agissait de lui-même. Il était question de Caïus, ou de l'homme en général, et alors c'était naturel, mais lui, il n'était ni Caïus, ni l'homme en général, il était un être à part: il était Vania, avec maman et papa, avec Mitia et Volodia, avec ses jouets, le cocher, la bonne, puis avec Katenka, avec toutes les joies, tous les chagrins et tous les enthousiasmes de son enfance, de son adolescence et de sa jeunesse. Est-ce que Caïus avait jamais senti l'odeur de la balle en cuir que Vania aimait tant? Caïus avait-il jamais baisé la main de sa maman? Avait-il eu du plaisir à entendre le frou-frou de sa robe de soie? Était-ce lui qui avait fait du tapage pour des petits gâteaux, à l'école? Était-ce Caïus qui avait été amoureux? Était-ce lui qui dirigeait si magistralement les débats du tribunal?

Caïus est mortel, c'est certain, et il est naturel qu'il meure; mais moi, Vania, Ivan Ilitch, avec tous mes sentiments, toute mon intelligence, moi, c'est autre chose. Il n'est pas du tout naturel que je doive mourir. Ce serait trop affreux.

Il se disait: «Si je devais mourir comme Caïus, je l'aurais su; une voix intérieure m'en aurait informé; mais je n'ai jamais rien éprouvé de semblable, et moi, et mes amis, nous comprenions très bien qu'entre nous et Caïus il y avait une grande différence. Et maintenant voilà ce qui arrive! Non, c'est impossible, impossible, et cela est, cependant. Mais comment, comment comprendre cela?»

Et en effet, il ne pouvait pas comprendre et s'efforçait d'écarter cette pensée connue, fausse, injuste, maladive, pour la remplacer par d'autres plus saines et plus raisonnables. Mais cette pensée revenait de nouveau et se dressait devant lui, non comme une pensée, mais comme la réalité.

Il appelait à son secours d'autres raisonnements, dans l'espoir d'y trouver un appui. Il s'efforçait de se raccrocher à ses pensées primitives qui lui cachaient l'image de la mort. Mais, chose étrange, tout ce qui dissimulait autrefois l'idée de la mort, l'éloignait, la dissipait, n'avait plus aujourd'hui le même pouvoir. Les derniers temps, Ivan Ilitch s'épuisait à reconstituer la série de ses anciennes sensations qui lui cachaient la mort. Parfois il se disait: «Je vais m'adonner tout entier à mon service. Autrefois il était toute ma vie». Et, chassant de lui tous ses doutes, il allait au tribunal, causait avec ses collègues, s'asseyait comme jadis, en jetant sur la foule un regard pensif et distrait, ses deux mains amaigries appuyées sur les bras de son fauteuil de chêne; puis, se penchant comme d'habitude vers l'assesseur, il feuilletait le dossier, parlait à voix basse, et tout à coup il prononçait les paroles habituelles et ouvrait la séance.

Mais soudain, sa douleur au côté le reprenait sans nul souci de l'affaire et commençait son œuvre à elle. Ivan Ilitch, anxieux, essayait d'en écarter la pensée, mais elle ne cédait pas, et surgissait devant lui et le regardait. Il se raidissait, ses yeux s'éteignaient, et il recommençait à se demander: «N'y a-t-il *qu'elle* de vraie?» Ses collègues et ses subordonnés considéraient avec un douloureux étonnement ce magistrat si fin, si brillant, qui s'embrouillait et commettait des erreurs, il se secouait, cherchait à ressaisir le fil de ses idées, et parvenait à grand'peine à mener l'audience jusqu'au bout. Il rentrait chez lui avec la triste conviction que ses fonctions, que son service ne pouvaient le délivrer *d'elle*. Ce qui était terrible, c'est *qu'elle* l'attirait non pour l'occuper, mais seulement pour qu'il la regardât bien en face, sans rien pouvoir faire et en souffrant atrocement.

Pour échapper à cet état, Ivan Ilitch cherchait une consolation, d'autres écrans; et ces écrans venaient pour un temps à son secours et paraissaient le sauver. Mais aussitôt, sans s'effacer complètement, ils *la* laissaient transparaître, comme si elle traversait tout et que rien ne pût la cacher.

Les derniers temps il lui arrivait d'entrer dans le salon qu'il avait meublé, dans ce salon où il avait fait cette chute, et pour lequel, comme il se le disait avec amertume, il avait sacrifié sa vie, car il savait que de cette chute datait sa maladie. Il entrait et remarquait une rayure, comme une entaille, sur la table vernie; il en cherchait la cause; c'était l'un des coins en bronze de l'album qui était sorti et faisait saillie. Il prenait l'album, ce précieux album composé par lui avec tant d'amour, et se mettait en colère contre sa fille et ses amies, qui, par négligence, abîmaient les coins ou retournaient les photographies, et il remettait tout en ordre et replaçait le coin de bronze.

Tout à coup l'idée lui venait de transporter tout cet ÉTABLISSEMENT avec les albums, dans un coin du salon, tout près des fleurs. Il sonnait le domestique; ou bien sa femme et sa fille venaient à son secours. Elles n'étaient pas de son avis et le contredisaient; lui, discutait, mais tout allait bien tant qu'il ne songeait pas à *elle,* tant *qu'elle* n'apparaissait pas.

Pendant qu'il déplaçait les meubles, sa femme lui disait.

— Laisse faire les domestiques, toi tu te feras encore mal. Et soudain *elle* apparaissait à travers l'écran, et il *la* voyait. E*lle* apparaissait. Au premier moment, il espérait qu'elle allait disparaître; mais, malgré lui, il pensait à son mal: toujours la même chose, la même douleur lancinante, et il ne pouvait plus l'oublier. Il *la* distinguait nettement derrière les fleurs. À quoi bon tout cela? «Oui, j'ai perdu ma vie pour ce rideau, comme dans une bataille. Est-ce possible? Que c'est terrible et stupide! Non, cela n'est pas possible!... C'est impossible et cependant cela est!» Il revenait dans son cabinet, se couchait et restait seul avec *elle,* face à face avec *elle.* M*ais* il n'avait rien à faire avec *elle,* que de *la* regarder et frémir d'épouvante.

VII

Comment cela arriva-t-il, on ne saurait le dire, car cela se produisit insensiblement, peu à peu, et sans qu'on le remarquât, mais il advint que le troisième mois de la maladie d'Ivan Ilitch, sa femme, sa fille, son fils, ses domestiques, ses amis, son médecin et surtout lui-même savaient que tout l'intérêt qu'il éveillait se ramenait à cette seule question: quand enfin ferait-il de la place, quand débarrasserait-il les vivants de sa personne gênante, et serait-il lui-même délivré de ses souffrances?

Il dormait de moins en moins. On lui donnait de l'opium et des injections de morphine, mais rien ne le soulageait. L'état de langueur dans lequel il tombait pendant ses périodes de demi-assoupissement, les premiers temps, était pour lui un soulagement; mais bientôt le mal devint plus aigu.

Conformément aux prescriptions du médecin on lui préparait des aliments spéciaux, qu'il trouvait de plus en plus mauvais, et de plus en plus écœurants.

Pour ses selles, on avait pris également des dispositions spéciales et chaque fois, c'était pour lui une nouvelle torture, tant à cause de la saleté, de l'inconvenance, de l'odeur, qu'à cause de la nécessité de se faire aider par quelqu'un.

Mais justement de ces ennuis si pénibles, survint pour Ivan Ilitch une consolation.

C'était Guérassim, l'aide sommelier, qui était chargé de nettoyer son vase.

Guérassim était un paysan propre, sain, bien nourri par ses maîtres. Il était toujours gai et content. D'abord la vue de cet homme, toujours propre dans son costume russe, faisant une besogne aussi répugnante, gêna Ivan Ilitch.

Un jour, s'étant relevé de son vase, il n'eut pas la force de tirer son pantalon et tomba sur un fauteuil. La vue de ses cuisses nues, amaigries, l'épouvanta. À ce moment, Guérassim, chaussé de bottes épaisses, entra de son pas léger, assuré, apportant avec lui une odeur agréable de goudron et d'air frais. Il avait un tablier propre, une chemise d'indienne dont les manches retroussées découvraient ses bras jeunes, robustes et nus, et, sans regarder Ivan Ilitch, pour lui cacher la joie de vivre qui éclairait son visage et aurait pu attrister le malade, il s'approcha du vase.

— Guérassim! Lui dit faiblement Ivan Ilitch. Guérassim tressaillit, craignant sans doute d'avoir commis quelque faute, et, d'un mouvement rapide, il tourna vers le malade son bon visage, frais, naïf, jeune, presque encore imberbe.

— Que désire monsieur?

— Je pense que cela t'est désagréable. Excuse-moi. Je ne puis faire autrement.

— Oh! Monsieur! Fit Guérassim dont les yeux brillèrent tandis qu'un sourire découvrait ses fortes dents blanches. Pourquoi ne prendrais-je pas cette peine? Vous êtes malade.

De ses mains adroites et vigoureuses, il s'acquitta de sa besogne habituelle, puis sortit d'un pas léger. Cinq minutes plus tard, il revenait du même pas.

Ivan Ilitch était toujours assis sur son fauteuil.

— Guérassim, lui dit-il, lorsque l'autre eut remis à sa place le vase lavé et bien propre, aide-moi, je t'en prie, viens ici.

Guérassim s'approcha de lui.

— Soulève-moi. Je ne peux pas tout seul et j'ai renvoyé Dmitri.

Guérassim s'approcha; de ses mains robustes, dont l'étreinte était aussi légère que son pas, il le releva doucement, retint d'une main son pantalon et voulut le rasseoir. Mais Ivan Ilitch lui demanda de le conduire jusqu'au divan. Guérassim, sans effort, sans avoir l'air d'y toucher, le porta jusqu'au divan où il le fit asseoir.

— Merci. Comme tu fais cela adroitement… d'ailleurs comme tout ce que tu fais.

Guérassim sourit de nouveau et voulut s'en aller. Mais Ivan Ilitch se sentait si bien avec lui, qu'il ne voulait pas le laisser partir.

— Écoute-moi. Approche cette chaise, s'il te plaît… Non, l'autre! Mets-la sous mes pieds. Je me sens mieux lorsque mes pieds sont soulevés.

Guérassim approcha la chaise et, sans bruit, mit dessus les pieds d'Ivan Ilitch.

Ivan Ilitch se sentait soulagé quand Guérassim lui soulevait les pieds.

— Je me sens mieux lorsque mes pieds sont soulevés, dit-il. Mets-moi ce coussin là.

Guérassim obéit. Il souleva les pieds et mit le coussin. Ivan Ilitch se sentit de nouveau soulagé pendant que Guérassim tenait ses pieds. Aussitôt qu'ils furent abaissés, la douleur le reprit.

— Guérassim, dit-il, es-tu occupé maintenant?

— Nullement, monsieur, répondit Guérassim qui avait appris à parler aux maîtres.

— Qu'as-tu à faire encore?

— Mais rien. J'ai tout terminé. Je n'ai plus qu'à fendre du bois pour demain.

— Alors, tiens-moi les pieds un peu plus haut. Peux-tu?

— Mais pourquoi pas? C'est très facile. Guérassim souleva les pieds du malade qui, aussitôt, ne sentit plus aucune douleur.

— Et pour le bois, comment feras-tu?

— Ne vous inquiétez pas. Nous avons le temps. Ivan Ilitch lui dit de s'asseoir et de maintenir ses pieds, puis il se mit à causer avec lui. Et, chose étrange, il lui sembla qu'il allait mieux quand Guérassim était avec lui.

À partir de ce jour, Ivan Ilitch appelait de temps en temps Guérassim, pour qu'il lui tînt les pieds sur ses épaules, et il aimait à causer avec lui.

Guérassim apportait à cela de l'adresse, de la complaisance, et surtout une bonté qui attendrissait Ivan Ilitch. La santé, la force et la vigueur des autres offensaient Ivan Ilitch; la force et la vigueur de Guérassim, loin de l'irriter, le calmait.

Ce qui le tourmentait le plus, c'était le mensonge. Le mensonge de tous qui s'accordaient à dire qu'il était simplement malade et non pas mourant, et qu'il n'avait qu'à être calme et continuer son traitement pour se remettre complètement. Mais il savait bien, lui, que tout ce que l'on entreprendrait n'aboutirait qu'à des souffrances encore plus douloureuses et à la mort. Ce mensonge le torturait. Il souffrait de voir qu'on lui cachait ce que chacun savait et qu'il savait lui-même; il souffrait de prendre part à ce mensonge, le mensonge à la veille de sa mort. Ce mensonge, qui rabaissait l'acte redoutable et solennel de sa mort au même niveau que les visites, les rideaux, les esturgeons pour les dîners… faisait souffrir terriblement Ivan Ilitch. Et, chose étrange, bien souvent, quand ces gens lui mentaient ainsi en face, il était sur le point de leur crier: «Assez mentir! Vous savez tout aussi bien que moi que je me meurs. Cessez au moins de mentir!» Mais il n'avait jamais eu le courage de dire cela. Cet acte ininterrompu et terrible qui l'approchait de la mort, il voyait que tous ceux de son entourage le considéraient comme un désagrément accidentel, comme une inconvenance (tel un homme qui, en entrant dans un salon, exhalerait autour de lui une mauvaise odeur). Toujours les apparences qui avaient été le culte de toute sa vie. Il voyait que personne ne le regrettait, que personne ne voulait même comprendre son état. Seul Guérassim le comprenait et avait pitié de lui. C'est pourquoi Ivan Ilitch ne se trouvait à son aise qu'avec lui. Il se sentait heureux lorsque, parfois, Guérassim passait des nuits entières à lui tenir les pieds, et lorsque, ne voulant pas aller se coucher, il lui disait:

— Ne vous inquiétez pas, Ivan Ilitch, j'aurai bien le temps de dormir.

Ou bien lorsque se mettant familièrement à tutoyer son maître, il ajoutait:

— Si tu n'étais pas malade… ce serait autre chose! Mais maintenant pourquoi ne te soignerais-je pas.

Guérassim seul ne mentait pas. On voyait clairement que lui seul comprenait l'état de son maître faible et mourant, et ne croyait pas nécessaire de le lui cacher, mais simplement avait pitié de lui. Une fois, il dit même tout tranquillement à Ivan Ilitch qui insistait pour qu'il allât se reposer:

— Nous mourrons tous. Pourquoi ne prendrais-je pas de la peine?

Voulant dire par là que la fatigue ne l'effrayait pas du moment qu'il s'agissait d'un mourant et qu'il espérait un jour qu'on en ferait autant pour lui.

Outre ce mensonge, ce qui faisait surtout souffrir Ivan Ilitch, c'est que personne ne le plaignait comme il aurait voulu être plaint. Ce qu'il désirait le plus dans ses moments de souffrances, c'était, quoiqu'il eût honte de l'avouer, qu'on le plaignît comme un enfant malade. Il aurait voulu qu'on le caressât, qu'on l'embrassât, que l'on pleurât sur lui, comme on le fait avec les enfants. Il savait qu'avec lui, haut magistrat à barbe grisonnante, c'était impossible, mais il le désirait quand même. Dans la manière d'être de Guérassim à son égard, il y avait quelque chose d'approchant. C'est là ce qui le consolait.

Au moment où Ivan Ilitch aurait voulu qu'on pleurât avec lui, tout à coup, survenait son collègue Schebek, et, au lieu de pleurer, Ivan Ilitch prenait une mine grave, austère, pensive, puis, entraîné par la force de l'habitude, il émettait son opinion sur un arrêt de la cour de Cassation et la défendait opiniâtrement.

Le mensonge qui l'enveloppait et le gagnait lui-même, empoisonnait plus que tout le reste les derniers jours d'Ivan Ilitch.

VIII

Il faisait déjà jour. C'était le jour puisque Guérassim venait de partir et qu'à sa place était entré le domestique Piotr, qui avait éteint les bougies, ouvert les rideaux, et s'était mis à arranger la chambre sans bruit. Était-ce le matin ou le soir, un vendredi ou un dimanche, cela importait peu, car c'était toujours la même chose: la même douleur lancinante qui ne se calmait pas un seul instant, la conscience d'une vie qui s'en va irrémissiblement mais qui est encore là, et toujours la mort, la seule réalité, effrayante et maudite, qui se rapproche, et toujours le même mensonge. Comment, dans ces conditions, se rendre compte des semaines, des jours et des heures de la journée?

— Monsieur désire-t-il du thé?

«Il aime la régularité. Il a besoin que ses maîtres prennent du thé chaque matin», pensa-t-il. Et il répondit simplement:

— Non.

— Monsieur désire-t-il s'asseoir sur le canapé? «Il a besoin d'arranger la chambre et je le gêne. Je suis une cause de désordre et de malpropreté», pensa-t-il. Et il répondit simplement:

— Non, laisse-moi.

Le domestique continua sa besogne. Ivan Ilitch étendit la main. Piotr s'approcha avec empressement.

— Que désire monsieur?

— Ma montre.

Piotr prit la montre qui était à côté d'Ivan Ilitch et la lui donna.

— Il est huit heures et demie. On n'est pas encore levé?

— Non, Vassili Ivanovitch (c'était le fils) est déjà allé au collège. Prascovie Fédorovna a ordonné de la réveiller si vous la demandez. Faut-il l'appeler?

— Non, ce n'est pas nécessaire.

«Si je prenais du thé?» pensa-t-il.

— Oui, du thé!… Apporte.

Piotr se dirigea vers la porte. Ivan Ilitch eut peur à l'idée de rester seul. «Comment le retenir?… Ah! Oui, mon remède.»

— Piotr, donne-moi mon médicament.

«Qui sait, peut-être me fera-t-il du bien.»

Il prit la cuiller et but.

«Non, c'est inutile d'espérer encore. C'est une sottise», se dit-il, sentant dans sa bouche ce goût fade et désespérant qu'il connaissait. «Non, je ne puis plus croire. Mais la douleur, pourquoi cette douleur? Si elle pouvait cesser au moins pour un moment!».

Et il se mit à geindre. Piotr revint.

— Non, va… Apporte-moi du thé.

Piotr sortit. Ivan Ilitch, resté seul, se mit à gémir, et cela moins à cause de ses souffrances, malgré leur violence, que par angoisse. «La même chose, toujours la même chose; ces nuits et ces journées interminables… Si tout cela pouvait finir plus tôt!… Mais quoi? Plus tôt?… la mort, les ténèbres… Non, non, tout excepté la mort!»

Lorsque Piotr revint avec le thé sur le plateau, Ivan Ilitch, tout bouleversé, le regarda longtemps, sans comprendre qui il était et ce qu'il voulait. Piotr se troubla sous ce regard. Ivan Ilitch remarqua ce trouble et revint à lui.

— Ah! Oui. Le thé? Bien, laisse-le ici. Aide-moi seulement à me lever et à mettre une chemise propre. Ivan Ilitch se mit à faire sa toilette. En se reposant très souvent, il se lava les mains, la figure, les dents, se coiffa et se regarda dans le miroir. Il eut peur surtout en voyant ses cheveux collés à son front pâle.

Tandis qu'on lui changeait de chemise, il savait que sa terreur redoublerait s'il apercevait son corps amaigri, aussi fit-il en sorte de ne pas le regarder. Enfin sa toilette se trouva achevée. Il passa une robe de chambre, s'enveloppa dans un plaid et s'assit dans son fauteuil pour prendre le thé. Il se sentit rafraîchi, mais aussitôt qu'il trempa ses lèvres dans le thé, le même goût, la même douleur reparurent. Il fit un effort pour finir son verre puis se recoucha, les jambes étendues. Il renvoya Piotr.

Et c'était toujours la même chose. C'était tantôt une lueur d'espérance, tantôt un abîme de désespoir et toujours, toujours la même douleur, toujours la même tristesse, le même découragement. La solitude lui pesait effroyablement, il aurait voulu appeler quelqu'un, mais il savait que devant quelqu'un ce serait encore pire.

«Si encore on m'injectait de la morphine, pour oublier! Je dirai au médecin de m'inventer encore quelque remède. Il est impossible, impossible que cela dure ainsi!»

Une heure, deux heures s'écoulent. La sonnette retentit. C'est peut-être le médecin? En effet, c'est lui, frais, fleuri, gras, gai, qui semble dire: «Vous avez tort d'avoir peur, nous arrangerons tout cela.»

Le médecin sait lui-même que cette expression n'est pas de mise ici, mais il l'a prise une fois pour toutes, et il lui est aussi impossible de s'en défaire qu'il serait impossible à un monsieur qui dès le matin a mis son habit pour faire des visites, de s'en débarrasser.

Le médecin se frotta joyeusement les mains pour rassurer son malade.

— Je vous apporte le froid. Il gèle très fort. Laissez-moi me réchauffer un peu, dit-il d'un ton qui signifiait clairement qu'il n'y avait que cela à attendre pour que tout allât bien.

— Eh bien! Comment cela va-t-il?

Ivan Ilitch sent que le médecin voudrait lui demander si tout va son petit train-train, mais qu'il trouve lui-même cette question déplacée et qu'au lieu de cela il demande au malade comment il a passé la nuit.

Ivan Ilitch jette au médecin un coup d'œil interrogateur: «Ne cesseras-tu donc jamais de mentir ainsi?» semble vouloir dire son regard.

Mais le médecin ne veut pas comprendre la question.

Et Ivan Ilitch lui dit:

— Tout cela est effrayant! La douleur ne disparaît pas, ne cède pas. Ne pouvez-vous me donner quelque chose?

— Voilà bien les malades! Tous les mêmes! Maintenant me voilà réchauffé; même Prascovie Fédorovna, toute méticuleuse qu'elle soit, n'aurait rien à redire et ne craindrait pas que je vous refroidisse. Eh bien! Bonjour!

Et le docteur lui serre la main.

Tout à coup devenu sérieux, l'air grave, il se met à examiner le malade, son pouls, la température, et l'auscultation recommence.

Ivan Ilitch sait très bien que ce n'est là que comédie et mensonge, mais lorsque le médecin, agenouillé, se penche sur lui, appliquant son oreille tantôt en haut tantôt en bas, et exécute autour de lui, d'un air sérieux, différentes évolutions gymnastiques, il s'y laisse prendre comme autrefois lorsqu'il écoutait les plaidoiries des avocats, tout en étant persuadé qu'ils cherchaient à lui en imposer et ne disaient que des mensonges.

Le médecin, toujours à genoux sur le divan, continuait à l'ausculter lorsqu'on entendit à la porte le froufrou de la robe de soie de Prascovie Fédorovna, et les reproches qu'elle adressait à Piotr parce que celui-ci ne l'avait pas prévenue de l'arrivée du docteur.

Elle entre, embrasse son mari et se met à expliquer longuement qu'elle est levée depuis longtemps et que si elle ne s'est pas trouvée là pour l'arrivée du médecin, c'est qu'elle ne l'a pas entendu venir. Ivan Ilitch l'examine, l'observe; intérieurement, il lui reproche son teint clair, la blancheur de ses mains, son cou potelé, le brillant de sa chevelure, l'éclat de ses yeux pleins de vie. Il la déteste de toutes les forces de son âme. À son contact, la haine qu'il ressent pour elle atteint au paroxysme.

L'attitude de Prascovie Fédorovna à l'égard de son mari et de sa maladie n'avait pas changé. De même que le médecin avait adopté vis-à-vis de ses malades une manière d'être qu'il ne pouvait plus modifier, de même elle s'était imposé une attitude: quoi qu'il fît, il avait tort, et elle le lui reprochait amicalement. Et cette attitude, Prascovie Fédorovna ne pouvait plus s'en dégager: «Que voulez-vous, il n'écoute personne; il ne prend pas ses médicaments avec exactitude. Surtout il affectionne une posture qui doit lui faire du mal, il tient ses pieds en l'air.»

Et elle raconta qu'il obligeait Guérassim à lui maintenir les jambes levées.

Le docteur eut un sourire de bienveillant mépris: «Que voulez-vous faire, semble-t-il dire, les malades ont toujours des idées si bizarres; mais il faut leur passer cela.»

L'examen terminé, le médecin regarda sa montre. Aussitôt Prascovie Fédorovna déclara à Ivan Ilitch qu'elle allait aujourd'hui même, qu'il le voulût ou non, envoyer chercher une célébrité médicale pour une consultation avec Mikhaïl Danilovitch (c'était le médecin de la maison).

— Ne t'y oppose pas, je t'en prie... C'est pour moi, ajouta-t-elle ironiquement, lui donnant à entendre qu'elle n'agissait, au contraire, que pour lui et qu'il n'avait pas le droit de s'opposer à ce qu'elle voulait.

Il garda le silence et fronça les sourcils. Il sentait que ce mensonge dont on l'enveloppait se compliquait tellement qu'il devenait impossible de s'y retrouver.

Tout ce qu'elle faisait, c'était dans son intérêt à elle; ce qu'en réalité elle faisait pour elle-même, elle disait bien le faire pour elle-même, mais elle disait cela d'un ton à lui faire croire, à lui, que c'était le contraire qui était vrai.

Vers onze heures et demie, le célèbre docteur arriva. Les auscultations recommencèrent, de graves conciliabules s'engagèrent devant le malade et dans la chambre voisine, à propos du rein, de l'intestin, et cela avec un tel air d'importance, que de nouveau, au lieu de la question de vie et de mort, la seule importante, parut celle des organes qu'on accusa de ne pas fonctionner comme il faut. Mais Mikhaïl Danilovitch et la célébrité allaient voir à cela et forcer les organes réfractaires à rentrer dans le devoir.

Le célèbre médecin se retira avec une mine sérieuse mais non décourageante. Lorsque Ivan Ilitch, les yeux brillants de crainte et d'espoir, lui demanda s'il y avait chance de guérison, il répondit qu'on ne pouvait rien affirmer, mais qu'il y avait des chances.

Il y avait quelque chose de tellement pitoyable dans le regard d'espérance qu'Ivan Ilitch lança au médecin, que Prascovie Fédorovna ne put retenir ses larmes en sortant du cabinet pour remettre ses honoraires au célèbre docteur.

La confiance inspirée par les paroles du médecin ne fut pas de longue durée. Quand il se retrouva seul dans la même chambre, avec les mêmes tableaux, les mêmes rideaux et tentures, les mêmes flacons et son corps malade, endolori, Ivan Ilitch se remit à geindre. On lui fit une piqûre qui le plongea dans un état d'inconscience.

Lorsqu'il revint à lui, il commençait à faire sombre. On lui servit à dîner. Il prit avec effort un peu de bouillon, et de nouveau la nuit revenait.

À sept heures, après le dîner, Prascovie Fédorovna entra dans sa chambre, habillée pour une soirée, sa forte poitrine relevée et sanglée dans son corset, et de la poudre de riz sur le visage. Dès le matin, elle l'avait prévenu de leur intention d'aller au théâtre. Sarah Bernhardt venait d'arriver. Elle avait une loge. Ivan Ilitch lui-même avait insisté pour qu'on la prît, mais il l'avait oublié, et cette toilette le choqua. Cependant il n'en laissa rien voir, s'étant souvenu que lui-même avait exigé qu'elle louât une loge car c'était pour les enfants un plaisir à la fois esthétique et instructif.

Prascovie Fédorovna, en entrant, était contente d'elle, mais elle s'assit, l'air embarrassé, et lui demanda des nouvelles de sa santé plutôt pour dire quelque chose, ce dont il se rendait parfaitement compte, que pour apprendre du nouveau. Que pouvait-il lui apprendre? Elle dit ce qu'il convenait, c'est-à-dire, que pour rien au monde elle ne serait allée au théâtre ce soir si elle n'avait pas eu déjà la loge et si elle pouvait laisser sortir seuls sa fille Lise et son fiancé Petristchev. Elle aurait préféré, disait-elle, lui tenir compagnie, et elle le supplia de suivre au moins en son absence, les prescriptions du docteur.

— À propos, Fédor Petrovitch (le fiancé) voudrait te voir, et Lise aussi.

— Qu'ils viennent!

Sa fille entra, habillée pour la soirée, montrant ses épaules décolletées, son jeune corps à demi nu, tandis que son corps à lui le faisait tant souffrir. Grande, bien portante, visiblement amoureuse, elle semblait s'irriter contre la maladie, les souffrances et la mort qui mettaient un obstacle à son bonheur.

Petristchev entra aussi. Il était en habit, coiffé à la Capoul; son long cou veineux était serré dans un col d'une blancheur éblouissante, il avait un large plastron blanc; un pantalon noir collant qui moulait ses fortes cuisses, une seule main gantée de blanc et un claque. Derrière eux se glissa tout doucement le petit collégien, en uniforme tout neuf, ganté, l'air malheureux, et les yeux entourés d'un cercle noir, dont Ivan Ilitch connaissait la signification. Il ressentait toujours de la pitié pour son fils dont le regard effrayé et compatissant lui faisait du bien. En dehors de Guérassim il lui semblait que Vassia seul le comprenait et le plaignait. Tous s'assirent et s'informèrent encore de sa santé. Un silence suivit. Lise demanda à sa mère où était la jumelle. Une discussion s'engagea: elles s'accusaient mutuellement de l'avoir égarée. Fédor Petrovitch demanda à Ivan Ilitch s'il avait déjà vu Sarah Bernhardt. D'abord Ivan Ilitch ne comprit pas sa question, puis enfin il répondit:

— Non! Et vous, l'avez-vous déjà vue?

— Oui, dans Adrienne Lecouvreur. Prascovie Fédorovna déclara qu'elle la trouvait bien surtout dans de tels rôles. La fille n'était pas de son avis, et l'on se mit à discuter sur le charme et la vérité de son jeu, et ce furent les propos habituels en pareille occasion.

Au milieu de la conversation, Fédor Petrovitch jeta un regard sur Ivan Ilitch et se tut. Les autres le regardèrent aussi et se turent également. Ivan Ilitch, les yeux brillants, paraissait indigné contre eux. Ils auraient bien voulu réparer leur maladresse, mais comment faire? Il fallait rompre à tout prix ce silence. Personne ne s'y décidait. Tous se sentaient effrayés à l'idée que ce mensonge tacite allait se dissiper et que la vérité finirait par éclater.

Lise se dévoua la première. Elle voulait cacher ce que chacun sentait et ne fit que tout découvrir.

— Si nous voulons arriver à temps, il faut partir!... dit-elle en regardant sa montre, un cadeau de son père; puis elle fit au jeune homme un signe imperceptible et compris d'eux seuls, sourit, et se leva en faisant froufrouter sa robe.

Tous se levèrent, dirent adieu et sortirent.

Resté seul, Ivan Ilitch eut un moment de soulagement. Le mensonge était parti avec eux. Mais la douleur restait. Toujours la même douleur, toujours le même effroi, jamais de repos. De nouveau les minutes, les heures s'écoulaient sans apporter de changement; toujours la même chose, et toujours la certitude de plus en plus atroce de l'inévitable dénouement.

— Envoyez-moi Guérassim! Répondit-il à la question de Piotr.

IX

Assez tard dans la nuit, sa femme rentra. Elle s'approcha de lui sur la pointe des pieds, mais il l'entendit. Il ouvrit les yeux et les referma immédiatement. Elle voulut renvoyer Guérassim et veiller à sa place. Il rouvrit les yeux et murmura:

— Non. Tu peux t'en aller.

— Souffres-tu beaucoup?

— Qu'importe.

— Prends de l'opium.

Il y consentit; elle lui en fit prendre et partit.

Jusqu'à trois heures du matin il resta dans un état de torpeur douloureuse, et rêva qu'on le mettait violemment dans un sac noir, étroit et profond, où l'on cherchait à l'enfoncer sans y parvenir. Et cette chose effroyable pour lui était accompagnée d'une autre torture: il avait peur, il voulait y entrer lui-même, et cependant il résistait et, en luttant, s'enfonçait toujours davantage. Soudain il se dégage et tombe. Il se réveilla, Guérassim toujours au pied du lit, doux, patient, s'était assoupi. Et lui est là, ses pieds amaigris, en chaussettes, appuyés sur ses épaules; et toujours la même bougie avec un abat-jour, et toujours cette douleur interminable.

— Va-t'en, Guérassim? Murmura-t-il.

— Qu'est-ce que cela fait. Je vais rester.

— Non, va-t'en.

Il descendit ses pieds des épaules de Guérassim, se coucha sur le côté, la main sous sa joue, et fut pris de pitié pour soi-même.

À peine Guérassim était-il passé dans la pièce voisine, que, ne se contenant plus, il se mit à sangloter comme un enfant. Il pleurait sa situation désespérée, son affreuse solitude, la cruauté des hommes, la cruauté de Dieu, l'absence de Dieu.

«Pourquoi as-tu fait tout cela? Pourquoi m'as-tu fait venir ici? Pourquoi, pourquoi me tourmentes-tu si atrocement?»

Il n'attendait point de réponse et en même temps se désespérait de n'en pouvoir obtenir. Sa douleur devint plus aiguë, mais il ne fit aucun mouvement, n'appela personne. Il se répétait: «Eh bien! Encore! Eh bien! Frappe! Mais pourquoi? Que t'ai-je fait? Pourquoi?»

Puis il se tut, il suspendit non seulement ses larmes, mais sa respiration même, et devint tout attentif: il semblait écouter non pas une voix terrestre, mais la voix de l'âme et suivre les pensées qu'elle exprimait.

— Que veux-tu? Semblait dire la voix intérieure.

— Que veux-tu? Que veux-tu? Se répéta-t-il à lui-même. Ce que je veux? Ne plus souffrir! Vivre, répondit-il.

De nouveau il tendit son attention au point qu'il en oubliait sa douleur.

— Vivre? Et vivre comment? Reprit la voix.

— Mais vivre comme je vivais auparavant, bien, agréablement.

— Aussi bien et agréablement que tu as vécu jusqu'à présent? Redemanda la voix.

Et il se mit à se rappeler les meilleurs moments de sa vie agréable. Mais, chose étrange, ces moments, il les voyait maintenant d'un tout autre œil qu'alors, tous, excepté ses premiers souvenirs d'enfance. Dans son enfance, il retrouvait quelque chose de vraiment bon, dont le retour embellirait la vie. Mais l'homme qui avait eu une vie agréable, facile, cet homme n'existait plus, il n'était plus qu'un souvenir.

Aussitôt qu'il arrivait à cette période de sa vie qui avait fait de lui ce qu'il était actuellement, toutes ses joies de jadis s'évanouissaient, se transformaient en quelque chose de pénible et de vide.

Plus il s'éloignait de l'enfance et s'approchait du présent, plus les joies paraissaient insignifiantes et douteuses. Cela commençait à l'École de droit. Là il y eut encore quelque chose de vraiment bon: la gaîté, l'amitié, l'espérance. Mais dès les classes supérieures ces bons moments devenaient plus rares.

Plus tard, du temps de son service chez le gouverneur, il y eut encore quelques moments purs: son affection pour une femme. Puis tout s'embrouillait et le nombre des moments heureux allait diminuant, et plus il avançait dans la vie, moins il y en avait. Son mariage… un hasard, gros de désillusions. L'haleine désagréable de sa femme, la sensualité, l'hypocrisie! Puis cette carrière morne, les soucis d'argent, et ainsi une année, deux, dix, vingt! Et toujours la même chose. Et plus le temps passait, plus sa vie était vide.

«C'est comme si j'avais descendu une montagne au lieu de la monter. Ce fut bien ainsi. Selon l'opinion publique je montais, mais en réalité, la vie glissait sous moi… Et me voilà arrivé au terme… Meurs!

«Mais, qu'est-ce donc? Pourquoi? Non, ce n'est pas possible que la vie soit si insignifiante, si vilaine! Si elle est en effet si vilaine, si absurde, pourquoi mourir et mourir en souffrant? Il y a là quelque chose que je ne m'explique pas.

«Peut-être n'ai-je pas vécu comme on doit vivre? Se demanda-t-il tout à coup. Mais comment cela serait-il possible puisque j'ai toujours fait ce que je croyais être mon devoir?» se répondit-il. Et aussitôt il chercha à repousser par cet argument l'énigme de la vie et de la mort, comme quelque chose d'absolument impossible.

«Que veux-tu, maintenant? Vivre? Vivre comme tu as vécu étant juge lorsque l'huissier annonçait: La Cour! La Cour!» se répéta-t-il. «La voilà, la Cour! Mais je ne suis pas coupable, s'écria-t-il avec colère. Pourquoi?»

Il cessa de pleurer, tourna son visage vers le mur, l'esprit obsédé par cette unique pensée: Pourquoi, pourquoi tant d'horreur?

Mais il avait beau y réfléchir, il ne trouvait aucune réponse. Et quand l'idée qu'il n'avait pas vécu comme on doit vivre se dressait devant lui, il chassait cette idée bizarre en se rappelant aussitôt la parfaite correction de sa vie.

X

Deux semaines s'écoulèrent encore. Ivan Ilitch ne quittait plus son divan. Il ne voulait pas se mettre au lit et restait couché sur le divan. Presque toujours le visage tourné vers le mur, seul il s'abandonnait à ses douloureuses et insolubles pensées: «Qu'es-tu donc? Es-tu véritablement la mort?» Et la voix intérieure lui répondait: «Oui, c'est elle». – «Mais pourquoi ces souffrances?» – «Mais comme cela, sans raison aucune».

C'est tout ce qu'il pouvait obtenir.

Depuis le début de sa maladie jusqu'à sa première visite chez le médecin, deux états d'âme différents s'étaient partagé la vie d'Ivan Ilitch: c'était tantôt le désespoir, l'appréhension de cette chose terrible et mystérieuse, la mort; tantôt l'espérance et l'attachante étude de ses fonctions organiques. Tantôt il avait devant les yeux le rein et l'intestin, qui, pour un temps, se montraient indociles, tantôt c'était la mort, terrifiante et mystérieuse, qui se dressait devant lui, et remplissait sa pensée.

Les premiers temps, ces deux impressions se succédaient, mais plus la maladie s'aggravait, plus ses préoccupations sur le rein disparaissaient, et plus l'appréhension de la mort prochaine devenait vive. Il lui suffisait de penser à ce qu'il était trois mois auparavant, de comparer ce qu'il était alors avec ce qu'il était maintenant, de se rappeler comment il avait descendu la pente, pour que toute lueur d'espoir s'évanouît.

Dans les derniers temps, le visage tourné vers le dossier du divan, il vivait tellement seul au milieu d'une cité populeuse, de ses nombreux amis, de sa famille, que nulle part, ni sous la terre ni au fond de la mer, on n'aurait pu trouver une solitude aussi complète. Et, dans cette solitude, Ivan Ilitch ne vivait plus que de souvenirs. L'un après l'autre les tableaux de sa vie passée se dressaient devant lui. C'était d'abord les années les plus récentes, puis, peu à peu, les jours les plus lointains de son enfance. Les pruneaux qu'on venait de lui servir lui rappelaient les pruneaux français qu'il mangeait dans son enfance, avec leur goût particulier, et la salivation abondante lorsqu'on arrivait au noyau. Ces réminiscences du goût évoquaient toute une série d'images de ce temps-là: sa bonne, son frère, ses joujoux. «Il ne faut plus penser à ces choses-là. C'est trop pénible!» se disait Ivan Ilitch, et il se transportait dans le présent. «Les boutons du dossier du divan, et les plis du maroquin... Ce maroquin a coûté très cher et ne vaut rien... Il y a eu une discussion à ce propos... Je me rappelle encore un autre maroquin et une autre discussion: le portefeuille de père que nous avions déchiré et la punition que cela nous valut. Et maman nous apporta du gâteau». De nouveau il s'abandonne aux souvenirs de son enfance, et de nouveau, il se sent péniblement affecté et s'efforce d'écarter ses souvenirs et de penser à autre chose.

Ces souvenirs en éveillaient d'autres en lui: la marche progressive de sa maladie. Là aussi, plus il regardait en arrière, plus il trouvait de vie et de bonheur; alors le bonheur et la vie ne faisaient qu'un. «De même que mes souffrances, ma vie n'a fait qu'empirer de jour en jour. Là-bas, tout au commencement de la vie, un point lumineux, et puis... toujours plus noir, toujours plus noir, toujours plus vite, toujours plus vite. C'est en raison inverse du carré des distances de la mort», pensait Ivan Ilitch.

Et l'image de la pierre tombant avec une vitesse de plus en plus grande se gravait dans son âme. Sa vie, cet enchaînement de souffrances, se précipite de plus en plus rapidement vers sa fin, la suprême souffrance.

«Je me précipite». Il tressaille, s'agite, veut résister, mais il sait que la lutte est inutile, et de ses yeux fatigués qui ne peuvent plus voir ce qui est devant lui, il regarde le dossier du divan attendant cette chute terrible, ce choc, cette destruction.

«Il est inutile de lutter, se disait-il, mais au moins si je pouvais comprendre pourquoi tous ces tourments! Je pourrais me les expliquer si ma vie n'avait pas été ce qu'elle devait être; mais cela n'est pas», se disait-il en songeant à l'équité, à la correction, à la propreté de sa vie. «Cela n'est pas», continuait-il, en souriant, comme si quelqu'un était là pour voir ce sourire et s'y laisser prendre. «Non, il n'est point d'explication possible! Les tourments, la mort... Pourquoi?»

XI

Deux semaines s'écoulèrent ainsi. Pendant ce temps s'accomplit l'événement désiré par Ivan Ilitch et sa femme: Petristchev se déclara. Cela eut lieu un soir. Le lendemain, Prascovie Fédorovna entra chez son mari en cherchant le moyen de lui annoncer cette nouvelle. Mais précisément cette nuit, l'état du malade avait empiré. Sa femme le trouva comme toujours sur le divan, mais dans une nouvelle position. Il était étendu sur le dos, le regard fixe, et gémissait. Elle essaya de lui parler de ses médicaments; il porta son regard sur elle. Elle n'acheva pas, tant ce regard était chargé de haine.

— Au nom du Christ, laisse-moi mourir en paix! Dit-il.

Elle voulut sortir, mais à ce moment entra leur fille qui venait dire bonjour à son père. Il la regarda avec la même haine, et quand elle lui demanda des nouvelles de sa santé, il lui répondit d'un ton sec que bientôt il les débarrasserait de sa présence. Elles se turent, restèrent encore un peu et s'en allèrent.

— Mais, en quoi sommes-nous coupables? Dit Lise à sa mère. Ce n'est pourtant pas nous qui l'avons rendu malade! Je plains beaucoup papa, mais pourquoi nous tourmente-t-il ainsi?

Le médecin vint à l'heure habituelle. Ivan Ilitch s'obstina à ne lui répondre que par oui et non, et en gardant son expression de haine. À la fin, ne pouvant plus se maîtriser, il lui dit:

— Vous savez bien vous-même que vous ne pouvez rien faire pour moi. Laissez-moi donc tranquille au moins.

— Nous pouvons soulager vos souffrances, dit le médecin.

— Vous ne pouvez pas me soulager. Laissez-moi.

Le médecin sortit, alla au salon et déclara à Prascovie Fédorovna que son mari allait très mal, et que le seul moyen d'apaiser ses souffrances, qui devaient être atroces, c'était de lui administrer de l'opium. Le docteur avait raison de dire que les souffrances physiques d'Ivan Ilitch étaient intolérables.

C'était vrai. Mais ses souffrances morales étaient bien plus terribles encore. En elles étaient sa principale torture.

Ces souffrances morales provenaient d'une idée qu'il avait eue cette nuit, en examinant le visage ensommeillé, bonasse, aux pommettes saillantes, de Guérassim: «Qu'arrivera-t-il si toute ma vie, ma vie consciente, n'a pas été ce qu'elle devait être?» Il se mit à songer que cette hypothèse, jugée d'abord par lui inadmissible, pouvait bien être la vérité et que sa vie n'était peut-être pas exempte de reproches. Il se rappela ses rares moments de révolte contre ce que la haute société approuvait. Ces moments de révolte, qu'il refrénait bien vite, étaient peut-être les seuls bons moments de sa vie, alors que tout le reste était vilenie. Et son service, et l'organisation de sa vie, sa famille, ses intérêts mondains et professionnels, qu'y avait-il eu de bon dans tout cela? Il essaya de défendre son existence passée. Mais il sentit lui même la faiblesse de ses arguments: Il n'avait rien à défendre. «Et si c'est ainsi, se dit-il, si je m'en vais avec la ferme conviction d'avoir perdu sans aucun recours tout ce qui m'avait été donné, alors que faire?» Il se mit sur le dos et se remémora sa vie entière. Le lendemain matin, quand il vit son domestique, puis sa femme, sa fille, le médecin, chacun de leurs mouvements, chacune de leurs paroles, le confirma dans cette terrible réalité qui lui était apparue cette nuit. Il se reconnut en eux. Il vit clairement que tout ce qui avait composé sa vie n'était qu'un effroyable, un énorme mensonge, qui dissimulait et la vie et la mort. Cette conviction ne fit qu'augmenter, décupler ses souffrances physiques. Il se mit à gémir, à s'agiter, à arracher ses vêtements qui l'étouffaient. Voilà donc pourquoi il les haïssait tous.

On lui administra une forte dose d'opium. Il se calma. Mais à l'heure du dîner, les douleurs recommencèrent. Il ne permettait à personne de s'approcher de lui, et se démenait furieusement.

Cependant sa femme s'approcha et lui dit:

— Jean, mon ami, fais cela pour moi *(pour moi)*. Cela ne peut te faire de mal, et cela soulage souvent. C'est peu de chose… les personnes bien portantes le font aussi. Il ouvrit les yeux démesurément.

— Quoi? L'extrême-onction? Mais pourquoi?... Non, je ne veux pas... Cependant.

Elle fondit en larmes.

— Oui, mon ami. Je vais appeler notre prêtre. Il est si charmant!

— C'est parfait; c'est bien! Fit-il.

Le prêtre vint, administra le malade qui se calma, sentit diminuer ses doutes, et, par suite, ses souffrances. Il eut même une lueur d'espoir. Il se mit de nouveau à songer à son intestin et à la possibilité de guérir. Il communia avec des larmes dans les yeux.

Lorsqu'après la cérémonie on le recoucha, au premier moment il se sentit mieux et se reprit à espérer. Il se mit à entrevoir la possibilité de l'opération qu'on lui proposait. «Je veux vivre! Je veux vivre!» se disait-il.

Sa femme vint le féliciter; elle prononça les paroles d'usage en pareil cas et ajouta:

— N'est-ce pas que tu te sens mieux? Sans la regarder il lui répondit:

— Oui.

Son costume, son attitude, l'expression de son visage, tout lui criait: «Ce n'est pas cela! Tout ce qui remplissait ta vie d'autrefois et ta vie présente n'est que mensonge, que dissimulation, qui cachent à tes yeux la vie et la mort.» À cette pensée, sa haine se ranima, et, avec elle, ses souffrances physiques et la certitude d'une mort prochaine inévitable. Quelque chose de nouveau se produisit en lui; c'était comme si une vis lui eût troué le corps, comme si des coups de fusil lui eussent déchiqueté les entrailles. La respiration lui manqua.

L'expression de son visage lorsqu'il avait répondu oui à sa femme était vraiment terrible. Aussitôt qu'il eut prononcé ce oui, en regardant sa femme bien en face, il se retourna avec une force extraordinaire pour un homme aussi faible et il s'écria:

— Allez-vous-en! Allez-vous-en! Laissez-moi!

XII

Dès ce moment, commencèrent ces cris effrayants, qui continuèrent pendant trois jours, qu'on entendait à travers deux pièces, et qui remplissaient l'âme de terreur. Au moment même où il répondait à sa femme il avait compris qu'il était perdu, qu'il n'y avait plus d'espoir, que cette fois c'était la fin, et que le problème de la vie restait insoluble.

— Ah! Ah! Ah! Criait-il sur toutes sortes d'intonations. Il commençait par crier: Je ne veux pas! Et son cri: ah! Ah! Continuait le son final de cette phrase.

Pendant trois jours il cria ainsi. Il se débattait dans ce sac noir où le poussait une force invisible et invincible. Il se débattait comme se débat un condamné à mort entre les mains du bourreau, bien qu'il sache qu'il ne peut échapper au supplice; et, en dépit de ses efforts désespérés, il se sentait emporté de plus en plus vers ce qui le terrifiait. Il sentait que ses souffrances provenaient de ce qu'il s'enfonçait dans ce trou noir et n'y pouvait pénétrer tout entier. Ce qui l'empêchait d'y entrer, c'est l'idée que sa vie n'avait pas été mauvaise. Cette justification de sa vie le retenait, le tirait en arrière, et le tourmentait le plus. Tout à coup une force quelconque le frappa dans la poitrine et le côté. Il suffoqua. Il était précipité dans le trou noir et là, au fond, quelque chose brillait. Il éprouvait ce qu'on éprouve parfois en chemin de fer, quand on croit avancer tandis qu'on recule et que, tout à coup, on s'aperçoit de son erreur. «Oui, ce n'était pas cela!» se dit-il. «Mais cela ne fait rien. On peut encore réparer cela.» Quoi «cela»?» se demanda-t-il et, soudain, il se calma.

C'était à la fin de la troisième journée, deux heures avant sa mort. À ce moment le petit collégien se glissa doucement dans la chambre de son père et s'approcha du lit. Le mourant continuait à crier en agitant les bras. Sa main rencontra par hasard la tête de son fils. Le petit collégien la saisit et la baisa en sanglotant.

C'était juste au moment ou Ivan Ilitch, précipité dans le trou noir, voyait le point lumineux et comprenait que sa vie n'avait pas été ce qu'elle devait être, mais qu'il pouvait encore réparer cela. Il se demandait: Quoi, «cela»? Et attendait quand il se sentit baiser la main. Il ouvrit les yeux et aperçut son fils. Il s'attendrit. À ce moment sa femme s'approcha. Il jeta les yeux sur elle. La bouche ouverte, le visage couvert de larmes, elle le regardait. Il eut pitié d'elle. «Oui, je les torture, pensa-t-il. Cela leur fait de la peine. Il vaut mieux pour eux que je parte.»

Il voulut leur dire cela, mais il n'en eut pas la force.

«À quoi bon parler. Il faut mieux le faire», pensa-t-il. Il montra des yeux son fils à sa femme et dit:

— Va... J'ai pitié... et de toi aussi...

Il voulut ajouter: «Pardonne» (Prosti), mais dit «Passé» (Propousti); mais n'ayant pas la force de se reprendre, il laissa tomber sa main avec découragement, sûr d'être compris par qui de droit. Soudain, le problème qui l'obsédait s'éclaira de deux côtés, de dix côtés, sous toutes ses faces.

«J'ai pitié d'eux. Je voudrais les voir moins souffrir, les délivrer de moi, me délivrer moi-même de ces souffrances. Comme c'est bien et comme c'est simple, pensa-t-il. Et mon mal, où est-il?... Où es-tu, mon mal?...»

Il devint tout attention. «Ah! Le voilà! Eh bien, tant pis! Et la mort! Où est-elle?» Il chercha sa peur accoutumée et ne la trouva pas. «Où est-elle la mort?» Il n'avait plus peur, car il n'y avait plus de mort. Au lieu de la mort il voyait la lumière. «Ah! Voilà donc ce que c'est», prononça-t-il à haute voix. «Quelle joie!»

Tout cela ne dura qu'un instant. Mais l'importance de cet instant fut définitive. Pour son entourage son agonie se prolongea encore deux heures. Quelque chose râlait dans sa poitrine, son corps ruiné tressautait. Puis, peu à peu, le râle et les secousses diminuèrent.

— C'est fini! Dit quelqu'un derrière son chevet.

Il entendit ces paroles et se les répéta: «Finie la mort... La mort n'existe plus!» se dit-il.

Il fit un mouvement d'aspiration, qui demeura inachevé, se raidit et mourut.

22 Mars 1886.

Table des matières